EGARBOOK

SOLO

CONTRA

TODOS

SOLO CONTRA TODOS

Miguel Ángel Segura

Grupo Egarbook
www.egarbook.com

Primera edición: Diciembre 2015

©Todos los derechos de edición reservados.
Grupo Egarbook – www.egarbook.com

Colección: Novela.
Maquetación: ©Miguel Ángel Segura.
Corrección de esta edición: Nuria Ruiz.
Imagen de portada: Fotolia.
Diseño de cubierta: ©Juan Jordano

ISBN: 978-84-944327-4-3
DEPÓSITO LEGAL: B 21916-2015

IMPRESO EN ESPAÑA – UNIÓN EUROPEA

Algunas secuencias de esta novela son muy fuertes, llegando a poder herir considerablemente a aquellas personas más sensibles.

Recuerde que el libro que tiene entre sus manos es una novela (ficción), y el propósito del mismo, además de entretener es despertar conciencias y hacer que el lector reflexione sobre el bien y el mal; sobre si es lícito o no vengarse; sobre si existe alguna situación que pueda justificar la violencia extrema.

Dedicado con todo mi cariño a las personas que han sufrido acoso, humillación o maltrato. No permitas que nadie te destroce la vida.

CAPÍTULO 1
Una enfermedad terminal

Como cada mañana, me levanté temprano para pasear por la montaña que tengo justo detrás de mi casa. Me encanta caminar con el frescor matutino mientras observo cómo juegan mis perros. Los animales son almas puras, nada que ver con las personas. Siempre digo que son fieles, cariñosos y buenos, mientras que las personas son infieles, interesadas y malas. Un animal jamás fingirá ser tu amigo, mientras que el ser humano lo hará constantemente.

Hace cinco meses que vivo en la sierra desde que un día mi vida cambió de forma repentina. Recuerdo ese momento con sabor agridulce. Y es que aunque parezca extraño, una noticia mala siempre conlleva algo positivo a pesar de que, en ocasiones, no sepamos apreciarlo. Esto mismo me sucedió en el momento de recibir la terrible noticia, pero, afortunadamente, a las pocas horas pude ver un pequeño lado bueno.

Aquella situación horrible fue como un tremendo mazazo en mi cabeza, pero por suerte me hizo reaccionar, y como un león herido, me levante lleno de rabia y odio. En ese momento fui consciente de que necesitaba luchar con fuerza y coraje para seguir adelante el poco tiempo que me quedaba. No sé por qué pero aquella situación me hizo despertar de mi ignorancia y darme cuenta que llevaba toda la vida siendo un pelele y que nunca había hecho nada por evitar el tremendo sufrimiento que eso me había generado.

Era jueves, recuerdo que llovía tanto que ni siquiera el paraguas me resguardaba de la tromba de agua que caía sobre Barcelona. Llegué al ambulatorio empapado, pensando que agarraría un tremendo resfriado, a pesar de que soy un tipo que pocas veces se pone enfermo. Sin embargo, aquella mañana recibí una noticia tan dolorosa que me hizo darme cuenta de que no soy inmune a las enfermedades, ni tampoco a la muerte, por muy sano que hubiese estado durante mis casi cuarenta años de vida.

El doctor Pons me hizo pasar a la consulta. Al entrar me invitó a que me sentara y con rostro serio me dijo que tenía que contarme algo importante. En ese momento intuí que en mi chequeo del mes pasado se había detectado alguna cosa que no estaba bien. Por la cabeza me pasaron mil enfermedades, pero pensé que lo más probable sería que tuviera diabetes, ya que en mi familia hay antecedentes sobre esta enfermedad. Pensé en ese momento que me iba a pinchar, con lo que odio las agujas. Pero lo que el doctor tenía que decirme iba mucho más allá de una simple enfermedad en la sangre por exceso de glucosa.

—Dígame, doctor, ¿qué me pasa? —pregunté impaciente.

—¿Ha venido solo, señor Doblado?

—Sí. ¿Por qué me lo pregunta?

—Es que este tipo de noticia preferimos darla sólo al paciente, porque algunos no quieren compartirla con sus familiares ni seres queridos.

—¡Me está asustando! ¿Qué demonios me pasa? —dije gritando.

—Tranquilícese, Luis. Se lo voy a explicar.

—Hágalo, por favor. Me va a dar un infarto.

—Don Luis, tiene usted una enfermedad que todavía no es muy conocida y para la cual no hay ningún tratamiento establecido. Sólo hay unos cien casos como el suyo en todo el país.

—¿Pero tiene cura? Espero que sí, por favor.

—Lamento decirle que no. Le quedan seis meses de vida aproximadamente. Todo lo que pase de eso debe tomarlo como un regalo de Dios, porque nadie ha llegado a vivir más de un año con esta enfermedad y, usted la tiene desarrollada desde hace cuatro o cinco meses.

Al conocer la nefasta noticia me puse a llorar de forma descontrolada. La enfermera tuvo que llevarme a una sala para calmarme un poco. Pasaron casi cincuenta minutos hasta que pude salir del ambulatorio.

Al llegar a casa me senté en el sofá y con mucha fuerza de voluntad me puse a reflexionar sobre lo que acababa de ocurrir. Necesitaba pensar en cómo afrontaría los seis meses que me quedaban de existencia. No quería pasarme esas pocas semanas llorando por los rincones, así que me puse a analizar cómo había sido mi vida desde que era niño hasta aquel momento. Intenté hallar algo que me diera fuerzas para seguir: un sueño que siempre había deseado alcanzar, reencontrarme con un viejo amor... Necesitaba repasar mi vida paso a paso para hallar un aliciente que me ayudara a enfrentarme a mi presente y poder cargar mi mente de ilusión para vivir feliz los meses que me quedaban de vida.

Varias horas después de iniciar mi búsqueda, me di cuenta de algo espantoso: durante toda mi vida había sido un puto pelele al que todos habían humillado y maltratado. La gente se había estado burlando de mí y nadie me respetaba. En el colegio me pegaban, me encerraban en las taquillas, me robaban el material y me ridiculizaban a todas horas. Pero la cosa no terminó ahí, porque en el resto de etapas de mi vida me había pasado lo mismo. No paraban de aparecer en mi mente personas que me habían tratado muy mal a lo largo de toda mi existencia. En ese momento entendí que la sociedad me veía como a un tonto del cual era muy fácil aprovecharse, reírse y burlarse, sin que todo eso supusiera ninguna represalia por mi parte.

Al darme cuenta de todo esto comencé a llorar de nuevo. No entendía cómo la sociedad era tan mala. Siempre había sido una persona buena que intentaba no dañar a nadie de forma voluntaria, e incluso me desvivía por ayudar a los demás y por brindar mi amistad a todos aquellos que se acercaban a mí. Sin embargo, sólo recibí traiciones, hipocresía y muchos palos.

La idea de morirme y que todos me recordaran como el tonto del que se reía todo el mundo me provocaba mucha rabia e indignación. Además, el odio y la impotencia me empezaban a consumir por dentro cada vez que pensaba que todas esas personas que me hicieron sufrir seguirían vivos y coleando sin pagar por todo el daño que me hicieron, mientras que yo, que jamás maltraté a nadie, estaría criando malvas en el cementerio.

Aquella tarde tomé la decisión de vengarme de todas las personas que me habían humillado y maltratado durante mi vida. Tenía seis meses para ejecutar mi plan de venganza, así que debía estudiar todos los movimientos y acciones que tenía que realizar. Lo principal era conseguir mucho dinero para poder moverme con total libertad y sin escatimar en gastos.

Lo primero que hice fue pedirles a mis padres que me dejaran vivir en la casa de la sierra. Después acudí al banco para ofrecerles una ganga. Propuse que me compraran mi piso valorado en doscientos cincuenta mil euros por un precio económico de sesenta mil. El trato fue perfecto para ambas partes. Ellos adquirían una vivienda a precio de ganga y yo conseguía el dinero en menos de tres días.

A la semana de haber recibido la noticia de mi enfermedad ya estaba instalado en la casa de la sierra y disponía de diez millones de las antiguas pesetas para poder orquestar mi plan vengativo.

Al día siguiente comencé a preparar mi primera venganza, concretamente contra Vicente Olivares, un chico del colegio que me la había jugado en varias ocasiones, el cual, a día de hoy, estaba felizmente casado con una mujer que lo amaba con locura, tenía dos hijas preciosas que lo adoraban y un trabajo de prestigio que le reportaba una buena nómina. Sin embargo, según los rumores que me habían llegado por parte de otros compañeros del colegio, Vicente seguía siendo igual de cabrón que antes. Por eso no entendía por qué la vida premia a los malos como él y castiga a los buenos como yo. Sentía mucha frustración. Tenía claro que mi plan de venganza contra él se iba a basar en el dolor. Mi deseo era que sufriera mucho, tanto que desease estar muerto. Estaba decidido, iba a por Vicente, a por ese malnacido hijo de perra.

CAPÍTULO 2

Vicente, el niño psicópata

Aquella noche apenas pude dormir; mi cabeza no dejaba de maquinar tácticas para planificar la venganza contra Vicente. Se me pasaron mil ideas por la mente hasta que al levantarme di con la tecla perfecta.

Lo primero que debía hacer era situar a mi víctima y saber dónde vivía en la actualidad, ya que suponía que al haberse casado no residiría en la casa de sus padres. Pero claro, me encontraba con un problema: saber cómo acceder a dicha información. Me planteé investigarlo yo mismo pero aquello me iba a suponer mucho tiempo y sólo disponía de unos meses para terminar con varias personas, quizá demasiadas. Así que se me ocurrió la idea de contratar a un detective y un hacker para que me ayudaran en el tema de la investigación; eso sí, les intentaría dar el mínimo de explicaciones posibles para no desvelar mucho sobre mis objetivos finales. Sólo faltaba que alguno de ellos fuese un tipo íntegro y desvelara mi plan de venganza a alguna víctima, o lo que era peor, a la policía.

Tras una hora de búsqueda en Internet tomé la decisión de contratar a un agente privado, del cual no desvelaré su nombre para evitar que alguien pueda culparlo de cómplice en toda esta trama. De todos modos, ni él, ni tampoco el hacker que contraté conocían a fondo mis objetivos. Yo les pedía que me consiguieran cierta información y les pagaba. Punto. Nunca han llegado a ser mis cómplices. Sus únicos delitos pueden ser a nivel informático, pero nada más.

Al hacker accedí por medio de un amigo, del cual tampoco desvelaré su identidad para protegerlo de represalias o cargas policiales.

Necesitaba conocer el lugar de residencia de mi primera víctima y tenía que disponer de dicha información en breve, por lo cual, solicité a mi detective que localizara el domicilio de Vicente lo antes posible. Además, le pedí que me pasara un informe con datos adicionales como lugar de trabajo, redes sociales, etcétera.

Mientras esperaba la llamada de Pablo —así llamaremos a partir de ahora al detective— me puse a recordar algunas de las humillaciones que había recibido por parte del "bueno" de Vicente.

El acoso recibido por parte de esta persona ocurrió en sexto de EGB, cuando se unió a nuestra clase como repetidor de curso. El chico tenía fama de gamberro y todos le temían, incluso los alumnos de cursos superiores.

Recuerdo que aquella mañana estaba sentado en uno de los pupitres del final de la clase, concretamente en una de las esquinas. La profesora tenía la costumbre de colocar allí a los alumnos menos estudiosos para que no entorpecieran al resto de compañeros.

Por aquella época yo era un mal estudiante debido a una serie de problemas que estaba arrastrando en casa, y por ese motivo me pasé tres largos meses sentado en los pupitres del final, hasta que poco a poco comencé a remontar y aprobar exámenes.

El día de los hechos tenía como compañero de clase a Vicente, el cual desde niño ya tenía una inteligencia superior a la media para llevar a cabo planes cargados de maldad y horror. Estoy convencido de que era un niño muy siniestro y con aires de psicopatía. Ahora entenderán el porqué de mi valoración.

La profesora se marchó de clase para buscar unos apuntes y dejó a Carlitos como responsable de la clase. El niño tenía que ponerse de pie en la zona de la pizarra y apuntar en ella a todo el que hablara o se portara mal, para que luego la profesora procediera a castigarlos.

Todo transcurría como siempre: algunos niños hablaban, otros se tiraban aviones de papel y Carlitos iba apuntando nombres en la pizarra. De repente algo que no era papel voló por encima de las cabezas de los alumnos e impactó de lleno en la nunca del chico que estaba en la pizarra. El resultado de aquel impacto fue un tremendo chichón en su cabeza. Según supimos después, alguien le había lanzado una canica de hierro.

La profesora intentó averiguar quién había sido el responsable de aquello, pero nadie vio nada o, al menos, nadie quiso pronunciarse de forma pública, por lo que la señorita Rosa decidió que los alumnos anotáramos en un papel el nombre de la persona que creíamos que había lanzado la bola. Se hizo de forma anónima para no desvelar la identidad de los delatores.

Mi compañero Vicente me dijo que el responsable del chichón era el propio Carlitos…

—Doblado, pon en el papel el nombre de Carlitos —me dijo señalando mi hoja.

—¿Carlitos? —le repliqué extrañado.

—Sí. En realidad nadie le ha tirado ninguna canica. ¿No ves que la profesora Rosa no nos ha enseñado la bola? Eso es porque no existe.

—Pero Carlos tiene un chichón, la señorita lo ha visto.

—Eso es porque Carlitos se ha dado un cabezazo contra la pizarra y le da vergüenza reconocer que es un torpe, por eso se ha inventado lo de la canica.

—¿De verdad? —pregunté confundido.

—Mira, yo lo estoy poniendo en mi papel —me enseñó su hoja con el nombre de Carlitos.

—Vale. Yo también lo pondré.

Agaché la cabeza y escribí el nombre del niño en el papel. Vicente me había convencido con su historia. Tengo que reconocer que por aquella época era muy ingenuo y me fiaba de todo el mundo, lo que hizo que me llevara muchos palos a lo largo de toda mi vida.

La profesora recogió los papeles que previamente habíamos marcado, y una vez sentada en su mesa comenzó a leerlos. Salieron casi todos en blanco menos siete u ocho en los cuales aparecía mi nombre. ¡Ah!, y otro donde aparecía el nombre de Carlitos. Sí, sólo había uno con el nombre del niño que recibió el bolazo. Es decir, que Vicente finalmente no entregó la hoja que me había enseñado, sino otra, en la cual ponía mi nombre.

El que lanzó la canica de hierro fue Vicente, por eso orquestó aquella estrategia para confundirme y que auto culpara a Carlitos. Luego fue señalándome con el dedo para que el resto de compañeros de clase creyeran que fui yo el que agredió al chico. Y claro, como algunos alumnos vieron que la bola salía de nuestra zona, creyeron a Vicente y pusieron mi nombre en el papel.

Aquella situación tuvo una repercusión importante en mi vida, ya no por el castigo que me pusieron, sino porque desde entonces arrastro un pequeño trauma y no soporto que nadie me acuse de algo que no he hecho. Me enfurezco mucho cuando pasa esto.

Si analizamos bien toda esta trama nos daremos cuenta de la maldad que tenía Vicente siendo un niño, y de lo inocente que era. Está comprobado que en esta vida se machaca y se humilla a los tontos como yo. Hay que ser un auténtico cabrón para que te respeten.

En otra ocasión, también en sexto de EGB, el psicópata de Vicente me la volvió a jugar creando una situación similar a la anterior, aunque aquella vez me acusaron de robo. Me estaba creando una mala fama que hasta mis padres me castigaban por ello. Nadie creía en mi inocencia, y es que las pruebas siempre apuntaban a mí. Este chico era un manipulador nato. Me extraña que no haya terminado siendo banquero o político, porque tenía madera para ello.

Una tarde de las que teníamos clase con el profesor Pablo, quien nos daba varias asignaturas, entre ellas Dibujo, sucedió algo que nuevamente me traumatizó. Para aquel trimestre nos había pedido que lleváramos una caja de rotuladores para hacer una serie de dibujos. Así que todos los alumnos portábamos nuestro preciado estuche de "rotus". Recuerdo que la caja más cara de todas la llevaba Sandra. Esta niña siempre traía material bueno. Se rumoreaba que sus padres tenían mucho dinero, incluso algunos compañeros de clase que habían estado en su casa aseguraban que tenía una enorme piscina en medio de un inmenso jardín lleno de fuentes y árboles. La cuestión es que aquella tarde alguien le robó los rotuladores a la chica. El profesor llamó al director del centro para comentarle lo que había sucedido, y entre ambos procedieron a realizar un registro exhaustivo mesa por mesa, mochila por mochila. Pero los rotuladores no aparecieron por ninguna parte. Tiempo después supe quién los había robado y cómo los había ocultado. Sí, efectivamente, los sustrajo Vicente, el "bueno" de Vicente.

El ladrón aprovechó un descuido de Sandra para coger la caja y, segundos después, la dejó caer por la ventana que daba a la calle. Allí abajo tenía a un cómplice que esperaba este momento para agarrar los rotuladores y desaparecer velozmente del lugar de los hechos. Estaba todo estudiado, Vicente le había echado el ojo a los rotuladores en clase la semana pasada, así que planificó el hurto junto con otro delincuente del barrio conocido con el apodo de «El Tenazas».

El plan había salido a la perfección, o al menos eso

creían los ladrones, pero al día siguiente las sospechas empezaron a apuntar a Vicente como responsable del delito. Su "honestidad" podía verse afectada de forma seria si finalmente se descubría toda la trama que había organizado en co-autoría con su amigo El Tenazas. Los muchachos tenían que armar un plan para conseguir salir ilesos de aquellos rumores, así que pensaron en cargarle el muerto al tonto de clase, es decir, a mí.

A los dos días del suceso toda la escuela me señalaba como el ladrón que le había robado los rotuladores a Sandra. ¿Os imagináis cómo consiguieron culparme de aquello? Fue muy sencillo. Me colocaron el estuche con rotuladores dentro de mi mochila, pero además, para que no quedara ninguna duda de que el ladronzuelo era yo, me introdujeron en el cajón del pupitre varios de estos rotuladores sueltos. Así parecía que los había estado utilizando.

No me cansaré de repetir que Vicente, ya por entonces, tenía una mente prodigiosa para llevar a cabo temas delictivos y manipular todo lo que estaba a su alcance, incluso a las personas más mayores que él.

Recuerdo con mucha pena que estuve varios días expulsado de la escuela por este robo. Mis padres nunca creyeron en mi inocencia, ni tampoco mis compañeros y profesores. Desde que sucediera este incidente me sentí solo y discriminado por el resto. Nadie se fiaba de mí, ni siquiera la chica que me gustaba. Lo pasé francamente mal por culpa del malnacido de Vicente, y desde entonces, otros chicos, pensando que yo era un ladrón, se sumaron a la campaña de maltrato y humillación que Vicente venía llevando contra mi persona desde hacía meses.

Cuando faltaba poco más de un mes para terminar el curso, el joven delincuente pasó del maltrato psicológico a maltratarme físicamente. Recuerdo que varias veces me puso chinchetas en el asiento del pupitre para que me pinchara. Aquello parecía hacer gracia al resto de compañeros, y todos reían a carcajadas cada vez que me clavaba en el culo alguna maldita chincheta. Mientras tanto, el profesor o la profesora de turno no eran capaces de poner remedio a la terrible situación que el joven psicópata me hacía vivir constantemente. Menos mal que el curso terminó pronto, porque la última semana lo que hizo fue clavarme la punta de compás en el culo. Ni siquiera se ocultaba o me ponía una trampa en el asiento, directamente se acercaba a mí y me clavaba el dichoso compás.

En una ocasión intentó hincármelo en el cuello, menos mal que pude esquivarlo, pero de todos modos se me clavó en el hombro. Chillé como una mala bestia, pero el resto de niños en vez de ayudarme o recriminarle a Vicente su acción se comenzaron a reír como auténticos pillos. Mientras tanto, mi bata comenzó a impregnarse de sangre, pero aquello parecía no importarle a nadie, ni siquiera a la profesora María Antonia, que en un alarde de… ¿ingenio?, nos castigó a los dos. Sí, como leéis, nos castigó a Vicente y a mí, como si yo fuera culpable de algo. ¡Maldita bruja peluda! De ésta no podré vengarme porque ya está muerta, si no se iba a enterar de lo que es bueno.

Al terminar el curso se hacían clases de refuerzo a las cuales podían asistir de forma voluntaria todos los alumnos que quisieran, independientemente de que hubiesen aprobado o suspendido el año. Mi madre decía que en realidad esas dos semanas extras las habían puesto para que muchos padres que trabajaban pudieran dejar a sus hijos a cargo de la escuela. Supongo que era así, porque en clase no nos ponían deberes, ni tampoco nos enseñaban nada. Recuerdo que teníamos libertad para estar todo el rato jugando en el patio o haciendo cualquier cosa en clase.

Vicente cada año estaba presente en las clases de refuerzo. Sus padres sabían que era un "bicho" y preferían tenerlo en el colegio antes que danzando por las calles.

Para mí, compartir esas dos semanas con este delincuente era vivir un auténtico infierno. Imaginaros si ya lo era cuando teníamos a profesores encima durante el curso, en época de refuerzo, que nos dejaban campar a nuestras anchas y que apenas nos controlaban los tutores, la cosa se incrementaba mucho y el riesgo de ser vejado aumentaba considerablemente.

Aquellas dos semanas recibí todo tipo de agresiones y bromas pesadas. La que más me marcó fue una que me causó un tremendo trauma. El "juguetón" de Vicente tuvo la brillante idea de reunir a un grupo de alumnos de séptimo y octavo curso con el fin de secuestrarme dentro de una clase y allí quitarme la ropa. Me dejaron completamente desnudo, me robaron hasta los calzoncillos… Salieron de clase con mi ropa y me encerraron dentro. Sabían que minutos más tarde los alumnos de refuerzo de ese curso tenían que entrar para recoger sus pertenencias antes de abandonar la escuela.

Pasé casi media hora en estado de pánico. Allí no había nada de ropa para taparme. Sentí mucha vergüenza, como jamás había sentido antes. Lo pasé tan mal que recordándolo ahora me entran ganas de llorar. La rabia y la impotencia me consumen. ¡Hijos de puta!

Cuando los niños entraron en el aula y me vieron en pelotas, comenzaron a reírse sin parar durante un largo rato, hasta que al fin llegó la profesora Belinda, que por cierto, es la única que cuidó de mí en aquellos años duros.

Aquella gamberrada supuso que Vicente y el resto de alumnos implicados fueran expulsados para siempre del colegio. Fue entonces cuando vi el cielo abierto y creí que mi terrible pesadilla había terminado. ¡Al fin el demonio había sido expulsado! Sin embargo estaba equivocado. Los chicos tomaron represalias contra mí, y transcurridas unas semanas me cogieron fuera de la escuela para darme una paliza.

Llegó el sábado y, como cada fin de semana, me levanté para ir a jugar al fútbol en el descampado que había en el barrio de al lado. Allí organizábamos torneos con chicos de toda la ciudad. La verdad es que yo no era de los mejores, pero tampoco se me daba mal del todo, así que disponía de cierta reputación y jugara en el equipo que fuese siempre me ponían de titular. Allí, entre balones y porterías, me sentía totalmente integrado y nadie se metía conmigo ni me humillaba. El Deporte Rey —así se denomina al fútbol— me aportaba la felicidad que otras cosas no me daban. Era, sin duda, mi vía de escape ante todos los problemas que siempre me acechaban. Pero aquella mañana otro nuevo suceso aterrador hizo que el miedo me dejara traumatizado. Tardé varios años en volver a jugar en ese campo.

El recuerdo previo al terrible acontecimiento que viví ese día es bueno. Jugué uno de mis mejores encuentros marcando cinco goles, algunos de bella factura. Mis compañeros de equipo terminaron coreando mi nombre. Era muy feliz, y por un momento conseguí olvidarme de todas mis desgracias, aunque esa agradable sensación se esfumó de forma radical tan sólo unos minutos después.

Caminaba contento y feliz hacia casa cuando, de repente, alguien me propinó una fuerte colleja. Al mirar atrás me quedé pálido. Allí estaban Vicente y sus amigos, todos dispuestos a pasar un rato divertido a mi costa.

Después de darme varias collejas y bofetones, me agarraron y me llevaron a la parte más boscosa del campo. Allí comenzaron a propinarme patadas y puñetazos hasta que empecé a sangrar por la nariz y la boca. Recuerdo que perdí la visión de un ojo de forma parcial, aunque por suerte no fue nada grave. Días después, una vez que la hinchazón había bajado, veía perfectamente.

Cuando mis agresores se cansaron de pegarme y humillarme, tomaron la decisión de amordazarme y atarme a uno de los árboles que había allí. Y como despedida me pusieron una navaja en el cuello y me dijeron que si los delataba me rajarían como a un cochino.

Pasé tres o cuatro horas atado a ese maldito árbol hasta que un chico del barrio que caminaba por el bosque me vio. Entonces me quitó la mordaza de la boca y me desató.

Aquel día fue muy duro. Me creó un nuevo trauma que me costó mucho tiempo superar. Esos maleantes encabezados por Vicente me estaban arruinando la vida. Aunque por suerte aquella fue la última vez que tuve problemas con ellos. No volví a ver a Vicente hasta pasados cinco o seis años. Pasó una temporada en el pueblo con sus abuelos y cuando regresó estaba más interesado en ligar con chicas y tomar drogas que en molestarme a mí. De todos modos, aunque me dejara tranquilo, el daño ya me lo había hecho, y eso nada ni nadie podía cambiarlo. Mis traumas se habían clavado dentro de mí como una enorme lanza.

Después de haber recordado todas estas situaciones vividas que acabo de contaros, decidí desconectar un rato viendo una película española, pero no me dio tiempo a encender la televisión cuando recibí la llamada del detective Pablo.

—Hola Luis, soy el investigador privado.

—Sí, lo sé. He reconocido el número de teléfono. ¿Tienes la información?

—Sí. Acabo de enviarte un correo electrónico con la dirección que me has pedido y otros datos adicionales sobre Vicente. La verdad es que no me ha resultado difícil encontrarlo. Es un tipo muy accesible y que no toma medida alguna de privacidad. Creo que es algo ingenuo.

—Muchas gracias, Pablo. Mañana te ingreso el dinero por el trabajo que has realizado. En breve te volveré a llamar por otro asunto.

—Gracias a ti. Es un placer trabajar para clientes como tú.

Así que Vicente era un poco ingenuo según me contó el detective que lo investigó. Aquello me hizo pensar bastante. Quizá se dedicó toda su vida a atormentar a otras personas, entre ellas a mí mismo, y a él jamás lo habían acosado, por eso era un tipo ingenuo, aunque yo en este aspecto lo definiría como confiado. Se cree tan superior al resto de los mortales que no teme a nadie. Todo encajaba. Por eso yo eran tan precavido, me sucedía lo contrario que a él.

Llegó el momento de abrir el correo electrónico para ver toda la información que Pablo me había enviado. Minutos más tarde, una vez analizado todo, debía comenzar a preparar mi estrategia para destrozar por los cuatro costados al desgraciado de Vicente. Me juré por todos mi muertos que disfrutaría de cada segundo de venganza. Le iba a destrozar la vida, por hijo de puta.

Encendí el ordenador y me senté a esperar a que cargaran todos los programas de inicio. Pasaron dos minutos hasta que pude acceder a mi bandeja de entrada y abrir el mensaje que Pablo me había enviado. Allí pude ver información muy variada, como la dirección de residencia de Vicente, su lugar de trabajo, sus perfiles en redes sociales, los nombres de sus familiares cercanos, y otra información menos relevante, pero no por eso menos importante, para poder alcanzar mi propósito de venganza.

Dicen que las buenas ideas son las que primero nos vienen a la cabeza, así que me dejé llevar por ella y decidí contactar con Erko, el hacker, para preguntarle si podía meter algunas fotos comprometidas en el ordenador de la víctima. Mi objetivo era conseguir que Mati, su esposa, lo dejara creyendo que le era infiel. Pero mi plan era mucho más retorcido; deseaba que todo el mundo creyera que se había cambiado de acera y que ahora era homosexual. Yo no tengo nada en contra de ellos, pero él sí que es un homófobo, y por tanto, de esta manera podía provocar que su dolor fuese mayor si lograba que, además de perder a su mujer, la gente de su entorno creyera que su sexualidad había variado y que ahora le gustaban los hombres. Tenía claro que provocar una ruptura basada en la mentira y la manipulación podía ser la clave del éxito para elaborar esta venganza. De esta forma, Vicente sentiría lo mismo que yo sentí cuando consiguió que los compañeros de escuela, mis profesores, e incluso mi familia, me culparan de robar y de cometer otras malas acciones que en realidad jamás hice. Era justo que ahora pensaran lo mismo de él. A esto le llamo «Justicia Divina».

Agarré mi teléfono con rabia y llamé al hacker. Tenía que proponerle un trabajo.

—Hola. ¿Erko?

—Sí.

—Soy Luis Doblado, el amigo de… —el hacker no me dejó terminar la frase.

—Sí, sé quién eres. Te he reconocido por la voz —era la segunda vez que hablaba con él.

—Quería contratarte para un trabajo, pero necesito que me digas si lo ves factible. En el caso de que no lo veas claro puedes proponerme alguna alternativa.

—Vale. Cuéntame —me dijo con sumo interés.

—Quiero que te metas en el ordenador familiar de una persona y le introduzcas fotografías comprometidas para que su esposa las vea. ¿Es posible hacerlo?

—Por supuesto. Esto no me supondrá ningún problema. Incluso si el marido y la mujer utilizan cuentas de usuario diferentes puedo hacer que las fotos sólo las vea la mujer y que para el hombre permanezcan en modo oculto.

—Me parece fantástico. Por cierto, me han dicho que también eres experto en fotografía y diseño digital, entre otras cosas.

—Sí, lo soy. ¿Qué necesitas?

—Voy a intentar hacerle una serie de fotografías al susodicho y necesito que luego hagas un montaje con ellas. La idea que tengo es que crees imágenes donde sea vea a este tipo junto a otros hombres en situaciones comprometidas. Quiero que la mujer piense que es homosexual y que la está engañando. ¿Podrías hacerlo?

—Claro. Puedo hacer lo que quieras. Envíame las fotos y hago el montaje. No hay problema.

—Perfecto. Una vez que ejecutemos esto te explico cuál es la segunda parte del plan que consistirá en conseguir acceder al ordenador de una empresa. Ya te daré todos los detalles.

—Perfecto. Quedo a la espera de recibir las imágenes.

Erko, además de hacker, es experto en fotografía y diseño digital, por lo que no le resultaba difícil manipular imágenes y hacer el montaje que le había pedido. Por eso, esta misión podía llevarla a cabo él solo. Y la verdad, contra menos gente involucrara en ella, menos riesgo tenía de ser descubierto.

La estrategia estaba planeada paso a paso. Lo primero que necesitaba era fotografiar a Vicente para que posteriormente el hacker realizara unos fotomontajes comprometedores. Después llegaba la parte final, que era introducir las imágenes en el ordenador familiar. Y así concluiría la primera parte de la operación. Mi venganza estaba a punto de comenzar. Ese cerdo iba a sufrir como una mala bestia.

A la mañana siguiente me levanté temprano porque Vicente se ponía a trabajar a las nueve de la mañana y quería tomar fotos desde primera hora. Mi intención no era pasar más de un día haciendo de fotógrafo. Cada segundo que transcurría me quedaba menos tiempo de vida, y tenía que aprovecharla al máximo.

Para acceder a la empresa donde trabajaba mi objetivo,

se tenía que hacer por una zona donde los vehículos sólo pueden entrar por una dirección, por lo que aquello me facilitaba mucho las cosas. Me situé a unos veinte metros de la puerta principal, concretamente por donde se accede a las oficinas. Nada más aparcar el coche me di cuenta que la empresa «Dincas» pertenece al sector químico. Al lado del acceso a las oficinas se podía observar una pared con alambradas en la parte de arriba, y detrás varias cubas y máquinas donde se mezclaba y envasan los productos. Pude reconocerlo porque un amigo cercano trabajó en una empresa del sector y fui varias veces a ella, así que aquello me resultó familiar nada más verlo.

Saqué mi cámara de fotos nueva y le puse un objetivo de los caros. Me costó bastante dinero hacerme con el equipo fotográfico, pero sin duda, valía la pena. Todo el esfuerzo y el dinero invertido en asuntos de venganza me parecían poco. Era mi momento de disfrutar. Bastante me habían humillado ya en todos estos años.

A los pocos minutos de esperar a mi "presa", apareció con su coche caro y traje de marca. Aparcó a unos treinta metros de mi posición, por lo que me dio tiempo a sacarle diez o doce fotografías fuera del vehículo y tres o cuatro en el interior del coche. Para empezar no estaba mal, aunque necesitaba hacerle alguna más.

Mientras fotografiaba a Vicente sentí una rabia muy

fuerte que se mezcló con un sentimiento de impotencia abismal. Me costó mucho mantener el pulso tranquilo para lanzar las fotografías. Sólo tenía ganas de irme a por él y endosarle doscientas puñaladas con el cuchillo que me había comprado días atrás. Pero me contuve y seguí ejecutando mi venganza tal cual la había estructurado.

Esperé a que la víctima saliera del trabajo a mediodía para hacerle más fotografías. El hijo de puta se montó en el coche con una morena espectacular. Y encima, por lo que pude ver e intuir, se llevaban bastante bien. Es más, minutos más tarde pude fotografiarlos en el restaurante donde fueron a comer. Ambos mostraron una actitud demasiado cariñosa con el otro. Aquello me hizo pensar que eran algo más que compañeros de trabajo.

La mujer era su amante y las cosas parecían ponerse de cara, porque si el plan salía bien, no sólo perdería a su esposa, también se quedaría sin su amante. Al fin iba a conseguir que el cabrón de Vicente lo pasara francamente mal y se sintiera un desgraciado, como me había sentido yo durante mucho tiempo debido a sus malos tratos y humillaciones.

Cuando conseguí las fotografías suficientes me marché de allí para poder continuar con mi plan.

Llamé a Erko para decirle que ya le había enviado las fotografías por email. Sólo me quedaba esperar a que hiciera el montaje y las colocara en el ordenador familiar de Mati.

A las tres horas de haberle enviado las imágenes, Erko me llamó por teléfono.

—Hola Luis. Soy Erko.

—Hola. ¿Qué tal?

—Muy bien. Gracias. Ya tengo terminado el trabajo que me encargaste.

—¡Qué rápido! ¿Ha salido todo bien? —le pregunté, con una enorme sonrisa en la cara.

—Sí. Estupendo. He colocado quince fotografías del hombre en actitud sospechosa junto a otros hombres. He aprovechado las fotos que me enviaste donde aparecía con la chica en actitud cariñosa y he cambiado a la mujer por un hombre. También he modificado las imágenes donde se veía al tipo dentro del coche y saliendo del mismo. Lo que he hecho ha sido cambiar la calle y la fachada. He puesto la calle Fronteras y en la fachada el club homosexual que hay en esa zona. Creo que la mujer se va a caer de espaldas cuando vea las fotos.

—Genial. Ha salido todo a pedir de boca. Por cierto, ¿has conseguido ocultar las imágenes en la cuenta de usuario de Vicente?

—Sí, no te preocupes. Él no puede verlas desde su perfil de usuario. Además, he metido unos vídeos porno con contenido homosexual. Así rematamos la jugada.

—Eres el mejor, Erko. En breve te llamaré para comenzar con la segunda parte del trabajo.

Ahora me tocaba seguir desarrollando el plan para conseguir que a Vicente lo despidieran del trabajo y lo acusaran de espionaje industrial. De esta forma podría lograr una gran venganza. Su mujer, sus hijas, sus otros familiares y todo el mundo pensarían que era homosexual, infiel y ladrón. De todo esto, lo que más incomodaría a nuestra víctima es el hecho de que la gente creyera que es gay. Esto demuestra el tipejo que está hecho. A mí, personalmente, me daría lo mismo que la gente pensara que soy homosexual. Lo que me preocuparía es que me tacharan de infiel o ladrón. Pero claro, Vicente es un homófobo de pies a cabeza.

Se me ocurrió la posibilidad de que Erko entrara en el ordenador principal de la empresa y sustrajera alguna fórmula química de las más importantes con las que trabajaran allí. Luego era cuestión de hacer creer que el ladrón había sido nuestra víctima.

Pasé varias horas intentando buscar la manera adecuada de organizarlo todo, hasta que se me ocurrió la forma de hacerlo. Como ya teníamos pinchado el ordenador de Vicente, quizá lo más sencillo y eficaz era realizar el robo desde su computadora. Lo que no tenía claro aún era cómo conseguir que lo culparan de espionaje industrial. Decidí llamar a Erko para pedirle consejo.

—Hola Erko. Soy Luis.

—Hola Luis. Has llamado muy pronto. ¿Qué tengo que hacer ahora?

—Necesito que entres en el ordenador de una empresa y robes una fórmula química.

—Vale. Eso es sencillo. Soy el mejor para estas cosas, pero necesito saber para qué quieres hacer esto.

—Te voy a ser sincero, no quería implicarte ni a ti ni a nadie en mis asuntos, pero veo que eres de confianza y te lo voy a contar —le expliqué mi plan y los objetivos que me movían a ello.

—Sabiendo que quieres que culpen a Vicente de espionaje industrial lo mejor que puedo hacer es robar la formula desde su ordenador utilizando un programa de control remoto, desde el cual puedo manejar su computadora a distancia. Una vez sustraído el documento de la empresa lo enviaré por email y desde el correo de nuestra víctima a otra empresa de la competencia. De esta forma quedará un rastro evidente de que ha sido Vicente el autor del robo.

—Me parece un plan estupendo. Adelante.

—Vale. Yo te aviso cuando esté todo operativo. Además enviaré una notificación al ordenador del director de Dincas

para que tenga constancia de que se ha producido esta irregu-
laridad. Intuyo que en unos días el tal Vicente estará en la
puta calle.

Pasaron doce horas hasta que recibí la llamada de Erko
informándome de que la operación había salido bien. Ahora
tocaba esperar unos días hasta ver si mi plan daba sus frutos.
En este punto aparcaba, mi venganza contra Vicente. Tocaba
esperar a ver si su mujer lo echaba de casa y lo despedían del
trabajo.

Ahora era el momento de buscar a mi segunda víctima,
mientras tanto se iría fermentando mi primera venganza.

CAPÍTULO 3
El Metralleta, otro psicópata

Mi segunda venganza sería contra Juanjo, apodado «El Metralleta», porque soltaba los puños y las piernas que daba gusto. A la edad de quince años ya era campeón de Europa de Kick-Boxing. Con él compartí instituto durante un curso, y lo cierto es que me puteó bastante. Su gran preparación para el combate hacía que todos los alumnos, incluso los más mayores, le tuvieran bastante respeto. Esto lo aprovechaba el muchacho para sembrar el pánico en el instituto y hacer lo que le venía en gana. Era una especie de matón que, a diferencia de otros tipos de su especie, actuaba solo. Su destreza para la pelea le bastaba para callar a todo aquél que se oponía a sus órdenes. Era un auténtico cara dura que no pagaba ni una consumición en la cafetería del centro escolar. Siempre buscaba a algún pardillo para que le invitara. Yo mismo tuve que pagarle varios refrescos y bocadillos.

Recuerdo que el primer problema con Juanjo lo tuve el tercer día de clase. Ni siquiera llevaba una semana en el instituto cuando me topé de lleno con la soberbia de esta bestia. Aquel día no sabía nada sobre él, por lo que ignoraba su habilidad para la lucha y su maldad con los demás. Ajeno a quién tenía ante mí, le planté cara sin ser consciente de lo que me sucedería después.

Todo comenzó a primera hora de la mañana, justo al entrar en clase. El chico me dijo que me levantara del pupitre donde me había sentado.

—Oye, chaval, ¿cómo te llamas?

—Me llamo Luis Doblado.

—¿No sabes quién soy?

—Pues no, pero encantado —extendí mi mano para saludarlo.

—¿Qué encantado ni pollas? ¡Quita esa mano de ahí, subnormal!

—¿Por qué me insultas? Yo sólo intento ser amable.

—Mira, mequetrefe, este pupitre en el que te has sentado es mío. Así que ya te estás cambiando de sitio.

—Lo haré porque es el tercer día de clase y no quiero broncas, pero ten cuidado conmigo.

—¿Me estás amenazando? —el chico soltó varias patadas acrobáticas al aire.

—Tampoco es para que te pongas así —en ese momento sentí miedo.

—Tú y yo nos vamos a ver las caras fuera, y toda la clase estará presente. Como falte alguien a la pelea que se atenga a las consecuencias.

—¿Quieres que nos peleemos? —dije tembloroso.

—No. Una pelea es cuando dos personas o más se pegan, y aquí sólo voy a pegar yo. Tú ni me vas a rozar. Chaval, no sabes dónde te has metido. Soy campeón de Europa de Kick-Boxing.

El puto Metralleta no dudó en citar a todo el mundo en la cancha de baloncesto una vez terminaran las clases. Amenazó a alumnos y alumnas para que acudieran sí o sí al lugar de la humillación. Allí pretendía darme una lección y que la presenciara todo el mundo. De esta forma se ganaría el respeto de los chicos que todavía no lo conocían, como era mi caso.

Pasé unas horas terribles, en las cuales la sensación de pánico me acompañó en todo momento. Y es que pude corroborar por medio de otros compañeros que lo que Juanjo me había dicho era cierto. El tipo era un luchador de los buenos, pero además era una persona temida y respetada por todos. En su barrio ni siquiera los mayores se atrevían a llevarle la contraria. Ante cualquier negativa o contradicción no dudaba en utilizar la violencia a gran escala.

Al salir de clase me dirigí hasta el patio lateral del recinto, lugar opuesto a donde se halla el campo de baloncesto. Mi intención era despistar a El Metralleta para evitar que me diera una paliza y me humillara en público. Pretendía esconderme en aquella zona hasta que todo el mundo se hubiese marchado de allí. No me importaba tener que volver a casa andando a pesar de que tardaba casi dos horas. Era mejor caminar un buen rato que llevarme una buena paliza, ¿no creéis?

A los pocos minutos de estar escondido entre la maleza que hay junto a la valla del recinto apareció Juanjo con cara de pocos amigos. Al parecer alguien le había chivado mi ubicación, y tras unos minutos buscándome por la zona, dio conmigo. Su reacción fue endosarme dos patadas en el estómago.

—¡Esto te pasa por hacerme buscarte! —me dijo mientras me golpeaba.

Me llevó agarrado de la oreja hasta el patio central donde se halla lo que antiguamente era la cancha de baloncesto, y donde había citado a todo el mundo para que contemplara la paliza que iba a darme.

Estaba muerto de miedo y no paraba de temblar. Jamás

había sentido tanto terror; el pánico me inmovilizaba y no podía pensar. Fue entonces cuando comenzó el espectáculo, con una charla previa a modo de introducción.

—¿Estás preparado para que te de una paliza? —me dijo, a la vez que me daba una colleja.

—No quiero pelearme. No me gusta la violencia —repliqué.

—Pues a mí me encanta —me soltó una tremenda patada en la cara que me reventó la nariz.

—Por favor, no me pegues más.

—Mírate, parece un puto cerdo sangrando por la nariz.

—Haré lo que quieras, pero no sigas pegándome —dije muerto de miedo.

—Sólo un poco más —me contestó sonriendo, y me dio varias patadas y puñetazos hasta que caí al suelo.

—¡Para ya, por favor! —supliqué, con el rostro lleno de sangre y moratones.

—Voy a parar con una condición.

—Vale. Haré lo que me pidas —dije muerto de pánico y lleno de sangre.

Aquel día sufrí una de las mayores humillaciones de mi vida. Tuve que besarle los pies, chuparle la suela de los zapatos y revolcarme por su orina. Todo esto mientras el resto de compañeros de clase lo veían. El Metralleta me humilló de tal manera que quedé tremendamente afectado a nivel mental.

El maltrato recibido durante aquel curso no se quedó en este día, puesto que fueron constantes las humillaciones que recibí por parte de este alumno, hasta que varios meses después tomé la decisión de abandonar el instituto para no volver a ver a este hijo de puta.

Otro de los momentos que jamás podré olvidar sucedió durante el día previo a la noche de Halloween. El Metralleta estuvo anunciando durante una semana que esa noche alguien pasaría mucho miedo en el instituto, aunque no desveló nada más hasta el día 31 de octubre. La víctima, efectivamente, iba a ser yo.

Al terminar la última clase, Juanjo me agarró por los pelos y, tras darme un par de bofetadas, me amordazó con fuerza. Después ató mis manos a la espalda y me metió dentro de una taquilla para encerrarme.

La sensación que uno siente cuando está atado de manos, amordazado y atrapado en una taquilla es terrible, porque sabe que no puede hacer nada por salir. La impotencia de no poder gritar para pedir auxilio es horrible, y la rabia que sientes al no poder hacer uso de las manos te perturba la mente de forma aprensiva, hasta tal punto que, todo esto sumado a la fobia que sientes al saber que permaneces atrapado en una taquilla, te lleva a un estado de ansiedad tan fuerte que las consecuencias pueden ser nefastas. Hay personas que han llegado a morir ante gamberradas de este tipo.

La experiencia fue tan terrible que incluso a día de hoy hay noches que tengo pesadillas que me hacen revivir ese calvario. Me despierto sudando y empapado en lágrimas.

Llevaba cinco minutos encerrado cuando escuché el sonido de la llave introduciéndose en la taquilla. Pensé que alguien venía a sacarme, pero estaba equivocado. Al abrirse la puerta, ante mí apareció Juanjo y decenas de personas más. Quería enseñar al resto de alumnos su gamberrada. «¡Mirad, este tío va a pasar la noche de los muertos aquí metido!». Tras decir esto, el delincuente volvió a cerrar la taquilla, dejándome allí dentro.

Fueron unas de las peores horas de mi vida. Llegué incluso a mearme encima debido al pánico que sentí una vez que el centro cerró sus puertas y me quedé completamente a oscuras. Menos mal que algún alumno —nunca supe quién fue— avisó a un profesor, y pocas horas después de que todo el mundo se marchara de allí, volvieron a buscarme.

Recuerdo que estuve varios meses bajo tratamiento psicológico debido a aquella experiencia. Juanjo decía que yo estaba loco y que por eso me llevaban al loquero. El chico no fue sancionado ni expulsado del instituto porque nadie se atrevió a señalarlo como el culpable de la gamberrada, ni siquiera yo tuve la valentía de hacerlo. Aunque por suerte, tras aquello estuvo casi dos meses sin hacerme nada grave, aparte de insultarme, burlarse de mí o darme alguna colleja. Pero pasado ese tiempo, volvió a las andadas y me utilizó de blanco… Ahora entenderéis a qué me refiero con esto.

Aquel día me puso contra la pizarra y me obligó a extender los brazos sujetando varios libros en las palmas de mis manos. Mientras yo estaba en esa posición, el resto de alumnos de la clase tenían que lanzarme objetos como gomas, bolígrafos, etcétera. Tenían que participar todos, sin excepción, incluso mis amigos. Si alguien se negaba, la represalia sería terrible, por eso recibí el impacto de objetos por parte de todos mis compañeros. Menos mal que no me golpearon muy fuerte, a excepción del borrador que me lanzó el propio Juanjo, el cual me provocó un buen chichón.

El tipo no se cansaba de elegirme como víctima para sus gamberradas. Lo último que me hizo en el instituto fue pegarme y humillarme durante dos semanas seguidas, hasta que decidí abandonar el centro para no volver a verlo más.

En aquellos quince días recibí decenas de collejas, puñetazos, bofetadas, patadas y empujones. Me golpeaba a todas horas sin parar. Cada vez que tenía la oportunidad me azotaba. El muy hijo de puta se excusaba diciendo que tenía que preparar el campeonato de España de Kick-Boxing y que yo era un buen *sparring*.

Dejé el instituto antes de terminar el curso y me puse a

buscar trabajo. Total, tampoco era buen estudiante. Tras mi marcha del centro educativo terminó mi calvario con Juanjo, aunque comenzaría con otros. Estaba condenado a ser maltratado y humillado por esta sociedad, aunque por entonces, yo no era consciente de ello.

Teniendo en cuenta todo lo que me hizo El Metralleta, mi venganza debía ser terrible. ¿Quizá tenía que asesinarlo directamente?, pensé en el momento de orquestar mi plan. Bueno, era una posibilidad, aunque antes de morir tenía que sufrir mucho. Digamos que la muerte debía verla como una salvación. Lo tuve claro, iba a torturarlo hasta que pidiera que lo matase. Este hijo de puta tenía que sufrir hasta que no le quedaran lágrimas de tanto llorar.

Lo primero que hice fue contactar con mis colaboradores Erko y Pablo para que me buscaran toda la información posible sobre Juanjo, puesto que yo hacía muchos años que no sabía nada de él.

Cuando les llamé supe que mi venganza anterior había dado sus frutos. El plan salió perfecto. El resultado de mi plan fue mucho mejor de lo esperado. A las pocas semanas, Mati se separó de Vicente y a éste lo echaron del trabajo por espionaje industrial. Desde entonces la vida de este malnacido cambió de forma radical: estaba sin casa, sin dinero y sin trabajo, y encima tenía dos cargos que cubrir como eran pagar la mitad de la hipoteca y pasarle a su ex mujer la pensión por sus hijas. Fue tan grande la presión a la que se vio sometido el indeseable de Vicente que una tarde se encaminó hasta la vía del tren y allí terminó con su vida. Mi primera venganza había sido todo un éxito. Ahora había un hijo de puta menos en la Tierra.

Celebré el suicidio de Vicente por todo lo alto. Pasé una noche entre putas y cubatas, disfrutando de uno de mis últimos días de vida.

Erko me informó que El Metralleta era propietario de un gimnasio de artes marciales en la ciudad de Sabadell. También me contó que estaba casado y tenía una amante. Además, durante su vida había sufrido diferentes problemas con la justicia pero nunca había ingresado en prisión. Esto resulta extraño porque uno de los informes que posteriormente el hacker envió al correo decía que Juanjo dejó en coma a un hombre tras propinarle una auténtica paliza en la puerta de una famosa discoteca de Barcelona. Al parecer, durante algunos años fue miembro de una banda de matones que realizan el trabajo sucio en discotecas y garitos altamente conflictivos. Por eso me extrañó mucho que jamás hubiese pisado una prisión.

La información que recibí del detective privado fue más o menos similar a la que me proporcionó Erko, pero además había descubierto datos relevantes que me serían de gran ayuda. La víctima tenía a un hijo de 14 años de edad, y al parecer su trayectoria delictiva y violenta era similar a la de su padre a esa edad. En ese momento comprendí que la frase «de tal palo, tal astilla» tenía sentido. Imaginé durante unos instantes el calvario que ese niño estaría haciendo pasar a los chicos de su entorno, y comencé a llorar recordando todo lo que el hijo de puta de su padre me había hecho. Durante ese trance de dolor y recuerdos tomé la decisión de hacer justicia no sólo contra Juanjo, también contra su hijo. No podía permitir que el niñato arruinara la infancia y la vida a otros chicos indefensos.

El Metralleta vivía en una confortable casa de campo cerca de una urbanización de Barcelona junto a su esposa y su hijo. Al desgraciado éste le iba la vida de puta madre, como a mi anterior víctima, a quien a pesar de ser una mala persona y un ser despreciable todo le sonreía. Aunque mi venganza lo puso en su sitio. A Juanjo y a su pequeñajo les ocurriría lo mismo: iban a sufrir tanto que llorarían lágrimas de sangre. Mi obsesión de venganza me estaba convirtiendo en un auténtico psicópata. Empezaba a disfrutar del dolor ajeno, aunque eso sí, tenía muy claro que jamás haría daño a una buena persona.

Tras el calentón de haber recibido las informaciones de mis colaboradores, decidí reflexionar un poco sobre la situación que tenía ante mí y más concretamente sobre el hijo de Juanjo. Le pedí a Pablo que investigara un poco sobre este asunto Mi intención era certificar si el chico era un indeseable. Necesitaba asegurarme de ello antes de llevar a cabo mi plan de venganza. No podía permitirme un error de tal envergadura. ¿Y si resultaba que sólo era un chaval travieso?

Aquella noche me acosté ansioso por comenzar mi plan de destrucción contra mi segunda víctima, pero sabía que tenía que esperar unos días hasta saber si incluiría a su hijo dentro de la venganza.

Para calmar mi ansiedad, me puse a ver una película española protagonizada por uno de mis actores favoritos. Siempre que veía cine o series de televisión desconectaba de todo, pero en aquella ocasión ni siquiera con un buen film pude pasar página durante un rato.

Por la mañana me desperté muy cansado. Había dormido tan mal que para abrir los ojos del todo necesité una buena ducha y un litro de cafeína.

Durante los dos días siguientes la escena se repitió constantemente; no conseguía conciliar el sueño y la ansiedad dominaba mi cuerpo y mi mente. Menos mal que al tercer día de espera recibí la llamada del detective.

—¿Dígame? —contesté nervioso.

—Hola Luis. Ya dispongo de la información que me pediste sobre el hijo de tu "amigo".

—Hola Pablo. Cuéntame todo lo que hayas averiguado,

por favor —dije desesperado.

—Es un delincuente en potencia. Lo han expulsado de cuatro colegios y la policía lo tiene en su lista negra. Según los datos que poseo ha traumatizado a más de diez chavales, tanto en la escuela como fuera de ella. Todos los chicos de la ciudad le temen. Podríamos decir que es un calco a su padre, aunque el chico tiene todas las papeletas para superarlo. Según me ha dicho un policía amigo mío, el juez de menores del distrito le tiene ganas y a la próxima que aparezca por el juzgado lo encierra en un centro de menores.

—Muchas gracias por la información. Seguimos en contacto para próximos trabajos.

Tras recibir la llamada telefónica del detective lo tuve claro: el hijo de Juanjo estaría presente en mi plan de venganza. No podía permitir que siguiera destrozando infancias como el que rompe una hoja de papel.

Pasé doce horas reflexionando sobre cómo trazar mi plan contra mi segunda víctima hasta concretar mi estrategia. Para llevar a cabo mi sangrienta y terrorífica venganza necesitaba contratar a varios especialistas, pero debía evitar a toda costa que supieran que era yo quien solicitaba sus servicios. Para ejecutar el plan utilicé a Erko, quien mediante Internet y desde un lugar público contrató a unos sicarios para que realizaran la parte principal de la operación, que era secuestrar a las víctimas.

El trabajo de los ex-militares rusos que había contratado consistía principalmente en realizar el secuestro de forma sigilosa y llevar a las dos personas a una pequeña cabaña abandonada que hay en la montaña de *Sant Llorenç de Munt i l'Obac.*

En la zona donde se halla el refugio no suele acudir nadie porque está perdida en el bosque, y para acceder a este lugar tienes que hacerlo caminando montaña a través durante cuatro horas. Antiguamente había un camino forestal que llegaba hasta la casa, pero desde hace más de dos décadas dejó de usarse una vez que el propietario de la finca falleció, y desde hace diez años el camino desapareció comido por la maleza del bosque y los árboles que han caído debido al extremo viento que se produce en esa zona.

El refugio consta de una planta y un sótano. En la parte superior hay una habitación de unos diez metros cuadrados que se utilizaba como comedor y cocina. Al lado tiene un pequeño cuarto que conserva la litera donde dormía el antiguo propietario. El lavabo está fuera de la cabaña, junto a una barbacoa de piedra que se halla en la parte trasera. Abajo, en el sótano, no hay nada, se encuentra totalmente vacío y es un lugar perfecto para esconder a alguien.

El hacker acordó con los secuestradores que dejaran al padre en el sótano y al hijo en la parte de arriba para que ninguno de ellos supiera que habíamos secuestrado al otro.

La idea era que Juanjo no tuviera constancia de que, aparte de a él, también nos habíamos llevado a su hijo. El plan de venganza que había orquestado era tan siniestro que necesitaba mimar hasta el último detalle.

Según supe tiempo después, los sicarios llevaron a cabo los secuestros de forma simultánea, raptando al padre y al hijo a la misma hora prácticamente, pero en puntos diferentes. Al niño lo secuestraron a la salida de la escuela y a su padre en el parking donde aparcaba el coche.

Sólo hicieron falta tres días hasta recibir la llamada de Erko confirmando que el secuestro había sido un éxito.

—Hola, Erko, ¿me llamas porque tienes noticias de la operación?

—Sí. Los matones han realizado bien su trabajo y ya tienen a los objetivos en las furgonetas.

—Estupendo. Ahora que vayan a dejarlos en la cabaña del monte.

—Vale. Hablaré con ellos y les diré que nos avisen una vez que los hayan dejado allí.

—Diles que yo estaré por la zona esperando a que se vayan para posteriormente acceder al lugar. No quiero que me vean el rostro.

—No te preocupes, hablaré con ellos y les diré que me envíen un mensaje cuando salgan del refugio, y entonces te avisaré para que sepas que ya tienes vía libre para entrar.

—Me parece genial. Muchas gracias por tu trabajo. Seré generoso con tus honorarios.

Al colgar el teléfono, me dirigí a mi habitación para coger la mochila y llenarla con provisiones. Media hora más tarde partí hasta la cabaña; para ello solicité los servicios de un taxi que me dejó en el parking de *l'Alzina del Salari*. Desde allí tuve que caminar cuatro horas hasta llegar al lugar donde ejecutaría mi segunda venganza.

Durante la prolongada caminata me vino a la mente otra putada que Juanjo me había hecho cuando éramos chavales. No sé por qué, pero hasta ese momento no la recordaba, era como si hubiese permanecido oculta en mi memoria.

Fuimos de acampada con el centro de excursionistas del barrio a un albergue de la comarca de Berga. Recuerdo que acudí a esa jornada de convivencias con mucha ilusión porque me había propuesto declararme a la chica que me gustaba, de la cual llevaba varios años enamorado, a pesar de que ella parecía no hacerme caso. Sin embargo, días previos a la excursión, su amiga Isabel me dijo que tenía alguna posibilidad de salir con ella. ¡Eva se había interesado por mí! Aquello era fantástico. Sentía tanta euforia que ni siquiera se me pasó por la cabeza la idea de que Juanjo se había apuntado a la excursión. El chico vivía en un barrio cercano al del centro excursionista. Pero aquella ilusión de amor que me desbordaba me impedía ser consciente de que El Metralleta podía fijar sus gamberradas sobre mi persona. Mi entusiasmo me cegaba por completo, aunque la primera noche de campamento abrí los ojos de golpe. Me humillaron como a una mala bestia.

Llegamos al albergue sobre las doce de la mañana y nos asignaron las literas correspondientes tras enseñarnos las instalaciones donde pasaríamos el fin de semana. Tengo que reconocer que el lugar era precioso, incluso tenía un pequeño lago donde nos bañaríamos al día siguiente. Bueno, yo me bañé antes de lo previsto. Ahora entenderéis a qué me refiero, aunque imagino que ya os podréis hacer una idea de lo que ocurrió... o no.

Después de comer nos dejaron la tarde libre para que pudiéramos jugar y disfrutar del entorno natural donde nos hallábamos. Fueron unas horas divertidas, en las cuales no le quité ojo de encima a Eva. Tenía claro que aquella noche le declararía mi amor.

Apenas probé bocado comido por los nervios. Cada segundo que pasaba me sentía más inquieto sabiendo que se acercaba la hora de la verdad. El momento que llevaba años esperando estaba sólo a unos minutos de producirse.

Isabel me dijo que acudiera sobre las diez de la noche a la orilla del lago y que Eva me esperaría allí para hablar conmigo. Incluso me aconsejó que la besara porque ella estaba dispuesta a comenzar un romance conmigo. Sentía una felicidad tan grande que la sonrisa que dibujaba mi cara dejó asombrados al resto de compañeros. Algunos me preguntaban a modo de broma que dónde guardaba el ron y la limonada. Y es que jamás me habían visto tan contento como en aquella ocasión. Sin embargo, minutos más tarde mi felicidad se convirtió en una terrible pesadilla.

Me acerqué hasta la orilla del lago hecho un manojo de nervios. Allí estaba mi gran amada, esperándome con una enorme sonrisa en la cara.

Cuando tenía a la chica a diez metros de mi posición escuché un grito: «¡Ahora!». En ese momento apareció Juanjo junto a otros chicos. ¡Qué demonios está pasando!, pensé en ese instante. A los pocos segundos supe que aquello era una trampa. Eva jamás sintió interés alguno por mí. Todo había sido un montaje organizado por El Metralleta y las dos chicas.

Juanjo se acercó a mí y comenzó a reírse. Entonces supe que algo muy feo me iba a pasar.

—Así que te gusta Eva —me dijo Juanjo.

—Sí —contesté agachando la cabeza.

—Muy bien, hombre. Pues para ligártela tendrás que mostrarle tus virtudes. ¿No crees?

—¿A qué te refieres? —pregunté, temiéndome lo peor.

—Ahora lo verás.

Acto seguido ordenó a sus amigos que me agarraran. Se acercó hasta mí y comenzó a quitarme la ropa sin que yo pudiera hacer nada. A los tres minutos me encontraba completamente desnudo y con las manos atadas a la espalda. Todos comenzaron a alumbrarme con sus linternas a la vez que hacían bromas sobre mi cuerpo. Recuerdo que alguno de ellos incluso llegó a rozarme mis partes íntimas con un palo. Finalmente, Juanjo propuso bajo votación la idea de meterme aquel palo por el culo. Menos mal que la mayoría dijo que no. Y, como un caso aislado, El Metralleta acató la decisión del grupo sin rechistar. Lo habitual es que hubiera hecho lo contrario o que ni siquiera hubiese preguntado a los demás.

La humillación terminó cuando me desataron las manos y me obligaron a meterme desnudo en el lago. Pasé dentro del agua casi veinte minutos mientras los presentes seguían con sus burlas y vejaciones. Fue una experiencia tan dolorosa que imagino que mi mente la borró de mi memoria durante varios años. Dicen los expertos que esto suele ocurrir cuando un niño o adolescente vive una situación traumática muy extrema. Y eso fue lo que yo viví.

Mientras caminaba dirección al refugio donde estaban

secuestradas mis próximas víctimas comencé a llorar de rabia a la par que recordaba esta experiencia que viví de joven en el campamento. El dolor que sentí en esos momentos previos a enfrentarme a mi gran venganza provocó que ésta fuese mucho más sangrienta de lo que tenía previsto. Una bestia llena de odio se había despertado dentro de mí. Juanjo y su hijo sufrirían tanto que desearían no haber nacido.

Cuando estaba a doscientos metros del refugio, me senté en una piedra a esperar la llamada de Erko. Tardó menos de una hora en avisarme de que ya podía entrar a la cabaña. En la planta principal me esperaba el muchacho atado y con una venda en los ojos. Abajo, en el sótano, se encontraba su padre, también amordazado y con la cabeza cubierta por una capucha que los sicarios les habían colocado al revés con la intención de que no pudiera ver nada.

Entré en la casa y tras mirar de reojo al joven procedí a bajar la escalera que lleva a la planta inferior. Allí me encontré a Juanjo atado de pies y manos. Lo primero que hice fue conversar con él para intimidarlo, igual que él había hecho conmigo en tantas ocasiones antes de humillarme y maltratarme. Me puse detrás para levantarle la capucha y quitarle la mordaza. Tapé de nuevo su cabeza y me situé delante para hablarle.

—Mira a quién tenemos aquí. ¿Qué tal estás, Metralleta?

—¿Quién eres? ¿Qué quieres de mí? —me dijo con la voz temblorosa.

—Tranquilo, pronto lo sabrás —comencé a reír de forma macabra.

—No entiendo por qué me haces esto. Dime quién eres —replicó asustado.

—Eres uno de los hijos de puta más grande que ha pisado la faz de la Tierra, y ahora pagarás por ello.

—¿Pero quién demonios eres? ¿Y qué coño te he hecho yo para que me secuestres?

—Piensa a cuántas personas le has amargado la vida. Uno de ellos soy yo.

—No sé quién eres ni tampoco lo que he podido hacerte, pero te pido perdón si alguna vez te dañé. Por favor, deja que me vaya, te prometo que no volveré a hacer sufrir a nadie más.

—Ya es demasiado tarde para eso, el daño que me has causado es irreparable —dije con firmeza.

El que siempre había sido un hombre duro comenzó a llorar despavorido, a la vez que recordé la infinidad de veces que él me había dicho que los hombres no lloraban, mientras yo me deshacía en lágrimas.

Salí del sótano para buscar por el campo algún objeto que me sirviera como arma de tortura. Cogí varias piedras y un palo de gran grosor. La violencia se iba a apoderar del refugio instantes después.

Bajé la escalera de forma silenciosa para evitar que mi víctima me escuchara llegar. Me postré ante él y le propiné un tremendo golpe en la cara. En ese momento comenzó a chillar de dolor. La tortura había comenzado. Ya estaba sangrando, y le dije al oído que escuchara bien a la persona que iba a hablar en unos minutos.

Subí a la planta superior y le quité la venda de los ojos a su hijo.

—Mira, niñato, abajo está tu padre. Si no quieres que lo mate responde a todas mis preguntas en voz alta para que te escuche. Ahora te quitaré la mordaza de la boca. Si no me haces caso en todo os mataré a los dos —procedí a quitarle la mordaza.

—Le haré caso en todo, señor, pero no le haga daño a mi padre —dijo el chico llorando.

—Muy bien, ésa es la actitud. Ahora saluda a tu padre.

—Hola papá, soy yo.

—Muy bien. Ahora explícale a tu padre cómo te secuestraron.

—A la salida del colegio unos hombres me cogieron en el callejón y me metieron en una furgoneta. Allí me ataron y me taparon la boca y los ojos. Luego me llevaron hasta un lugar donde me hicieron bajar del vehículo. Tuve que caminar mucho rato con los ojos vendados hasta que me dejaron aquí. No sé nada más. ¿Por qué me hacen esto? —gritó el muchacho.

—¡Aquí las preguntas las hago yo! Tú dedícate a hacer lo que yo diga —le di un puñetazo a la vez que recriminaba su actitud.

Ahora que Juanjo sabía que tenía secuestrado a su hijo era el momento de profundizar en la tortura. Bajé a la planta inferior para seguir con mi venganza.

Me puse frente a la víctima y retiré su capucha. Al verme, Juanjo se quedó extrañado. Parecía no reconocerme. Fue entonces cuando quité la mordaza de su boca y, antes de que pudiera mediar palabra, le hice un corte en la cara con mi cuchillo. El cerdo empezó a gritar de dolor...

—Así me gusta, que grites para que tu hijo pueda escucharte —le dije con tono psicópata.

—No sé quién eres, no te reconozco, pero por favor te pido que dejes a mi hijo. A mí hazme lo que quieras, pero a él no, te lo ruego.

—Tranquilo, Metralleta. Tu hijo no se escapará de la muerte por mucho que supliques. Ni tú tampoco, pero antes me voy a divertir un buen rato —agarré mi cuchillo y le corté un dedo.

Mientras Juanjo se retorcía de dolor, subí a la planta superior para agarrar al chico y bajarlo al sótano. La sangría estaba a punto de comenzar.

Coloqué al muchacho delante del padre, concretamente a unos cinco metros de distancia. Ambos permanecían atados. Los amordacé de nuevo para que no pudieran hablar y continué con la tortura.

Como padre e hijo eran igual de despreciables, lo justo era que ambos sufrieran de la misma forma, así que rajé la cara del chico y le corté un dedo, como había hecho antes con Juanjo.

Mi siguiente paso fue empezar a golpear al joven con varias piedras hasta que sangró tanto que perdió la consciencia. Estaba disfrutando horrores mientras ejecutaba mi venganza. Me sentía un Ser Todopoderoso.

El padre se desmayó. No soportó ver sufrir a su hijo que sangraba como un animal al que están matando. Tuve que parar mi tortura durante un par de horas hasta que ambos volvieron a recobrar el sentido. Les quité la mordaza para que hablaran, y poder disfrutar así de la macabra situación. ¿Qué le diría el valiente de El Metralleta a su chaval en una situación tan extrema? Sentía mucha curiosidad. Sin embargo, ninguno de los dos pudo mediar palabra. Los llantos resonaban en todo el refugio.

Por la noche bajé al sótano para culminar mi trabajo.

Estaba dispuesto a matarlos de una vez por todas. Así que procedí a ello.

Agarré mi puñal con firmeza y comencé a introducirlo una y otra vez en el cuerpo del chico. Quería torturarlo antes de terminar con él para que su padre sufriera lo máximo posible. Le endosé más de treinta pequeños pinchazos de unos dos o tres centímetros de profundidad cada uno. Mientras tanto, Juanjo observaba la escena impotente. Lloró, gritó y suplicó tanto que al final se quedó sin lágrimas. Jamás en mi vida había visto a un hombre sufrir de aquella manera. Y yo disfruté mucho contemplándolo.

Una vez que el joven se encontraba en estado crítico, lo situé a un metro de su padre para que observara bien lo que iba a hacerle. Le dije a Juanjo que abriera bien los ojos. A los diez segundos de soltar mi frase agarré a su hijo por la cabeza, la levanté con sumo cuidado y rajé su cuello. A los pocos segundos el muchacho murió.

El Metralleta no soportó aquella escena y, como ocurriera al principio de la tortura, se desmayó.

Tuve que esperar hasta la mañana siguiente para terminar de completar mi plan. No necesité torturar más a la víctima; bastante lo había hecho ya haciéndole presenciar la muerte de su hijo. Así que procedí a rebanarle el cuello.

Después de terminar con esta segunda venganza descansé unas horas en el campo y a medio día llamé a Erko para que contratara de nuevo a los mercenarios. Debían limpiar aquella carnicería y hacer desaparecer los cadáveres.

Todo había salido como lo planeé, por lo que mi satisfacción era absoluta. No sentía ningún tipo de remordimiento. Es más, aquella situación me producía placer, mucho placer.

CAPÍTULO 4
La venganza está servida

Todo estaba saliendo según lo planeado, aunque era consciente de que antes o después las cosas se podían torcer. Es absurdo pensar que la suerte siempre va a estar de tu parte, y más en cuestiones tan delicadas como ésta. Quizá el hecho de ver la realidad y valorar la posibilidad de que en algún momento mi camino se podía truncar, me hacía estar alerta y mimar todos los detalles para próximas operaciones. De hecho, intuía que en cuanto la policía encontrara algún nexo en común que uniera a las víctimas o su entorno, yo podría estar en el foco de las sospechas. No hay que ser un incauto y el hecho de que la policía no es tonta lo sabemos todos. ¿No es cierto?

Para llevar a cabo mi siguiente venganza decidí prescindir de los servicios de Erko y Pablo, extremando al máximo las precauciones. Nadie tenía que estar al tanto sobre mi nueva operación, así que debía estudiar la forma de llevarla a cabo solo. Estaba dispuesto a tomar las riendas en solitario, a pesar de que ello supusiera un esfuerzo mayor, pero no podía permitir que ahora que todo iba sobre ruedas la policía me detuviera y frustrara mi gran plan de venganza contra todos los malnacidos que me habían humillado durante mi vida.

Había señalado como siguiente objetivo a tres personas. La primera es un tipo que me maltrató durante semanas en el que fue mi primer empleo. Concretamente en un almacén de ropa donde entré a trabajar como aprendiz a la edad de quince años, justo después de dejar el instituto.

La segunda persona de la cual me vengaría es un hombre que durante mi adolescencia, siendo unos años mayor que yo, me pegó en repetidas ocasiones. Tenía a los chavales del barrio más pequeños que él atemorizados.

El tercer objetivo es una persona que me humilló y maltrató en mi segundo trabajo, a la edad de dieciséis años. El susodicho era bastante más mayor que yo, y sus acciones contra mi joven persona servían para que el resto de compañeros de trabajo se echaran unas risas. Ninguno de ellos, ni siquiera los más mayores —algunos con 40 ó 50 años de edad— fueron capaces de defenderme ante aquellas situaciones. Durante aquellos meses me di cuenta de la maldad que hay en las personas y de la indiferencia que éstas muestran ante el sufrimiento de los demás. Hasta esa época creía que el mal sólo habitaba en el interior de los niños y adolescentes, y que lo ejecutaban por diversión, sin ser conscientes del dolor que causaban, pero al contemplar la actitud de los mayores ante las vejaciones que recibí, me hizo reflexionar y darme cuenta de que esa maldad humana habita en el interior de la mayoría de personas.

La empresa donde inicié mi vida laboral estaba situada en un viejo polígono industrial de mi ciudad. Recuerdo que las condiciones laborales eran muy precarias y el jefe tenía a varios empleados sin contrato. La prueba más evidente de esta precariedad era el hecho de que yo trabajé allí sin tener la edad mínima marcada por ley. Es decir, los dieciséis años. Trabajé con un año menos de lo permitido y lo hice sin contrato. Bueno, y sin sueldo, porque jamás llegué a cobrar un solo céntimo. A las seis o siete semanas dejé el trabajo. En aquel almacén los salarios se pagaban de forma semanal, por eso, tras un mes y medio allí sin recibir mis honorarios, decidí abandonar ese cuchitril lleno de mierda.

En los primeros tres o cuatro días todo transcurrió con normalidad: la gente parecía muy amable y me trataban bien. Pero poco después me asignaron al cargo de un chaval de poco más de veinte años que se llama Ramón Luna. Esta persona fue la que me amargó la existencia durante mi estancia allí. Según le dijo a la hija del jefe, él sólo cumplía órdenes de su padre. Y es que la muchacha salía en mi defensa cada vez que presenciaba cómo este tipejo abusaba de mí y me maltrataba. Tengo un recuerdo muy especial de aquella chica. Si volviera a verla le daría las gracias. Ojalá hubiesen más personas como ella en el mundo. La Tierra sería un escenario mejor para convivir.

Las primeras humillaciones comenzaron a nivel psicológico, como suele ser habitual en este tipo de maltratos. Los acosadores comienzan a un nivel menos agresivo para poner a prueba a su víctima, y si ven que ésta no se defiende, entonces van aumentando la violencia con sus humillaciones. En realidad el perfil del maltratador suele ser el de una persona cobarde que sólo humilla a los débiles. Si se topa con alguien que les planta cara dejan de maltratarlo en seguida. Sólo acosan y vierten su violencia contra quienes no se defienden o tienen miedo.

Ramón me gritaba para que acelerara mi ritmo. Quería que mi productividad aumentara para que sacara el trabajo de ambos. Mientras tanto, él se iba a la zona de manipulado para estar con las chicas. Con ellas era muy simpático y divertido, pero conmigo se portaba como un auténtico salvaje.

Estuvo durante tres o cuatro días gritándome como una bestia sin que yo le plantase cara, por eso se envalentonó y poco después aumentó el grado de maltrato hacia mi persona. Recuerdo que se divertía metiéndome dentro de los contenedores de ropa, y una vez allí se subía por un lateral y me pegaba con un tubo de cartón que picaba mucho. Cada día salía del almacén con marcas en mis brazos, piernas y espalda.

La cosa fue en aumento y a partir de las tres semanas comenzó a utilizarme como cenicero. El malnacido de Ramón apagaba los cigarrillos en mis brazos. En una ocasión me revelé dándole un empujón y me propinó decenas de patadas en el culo mientras me paseaba por todo el almacén para humillarme delante de las chicas haciéndose el tipo duro. Se creía muy gracioso el malnacido, y de hecho, algunas mujeres le reían las gracias, pero otras, por suerte, lo ignoraban o recriminaban su comportamiento.

Tras pensar cómo vengarme de Ramón Luna, llegué a la conclusión de que lo haría divirtiéndome. Sabía que el tipejo había estado enganchado a las drogas, concretamente a las pastillas de *éxtasis* y los *tripis*. Se comentaba en el barrio que hacía tres o cuatro años que estaba limpio, tras haber pasado dieciocho meses en un centro de rehabilitación. Pensé que sería divertido volver a engancharlo a la droga.

Lo primero que hice fue acudir al bar «Los Moles» para ver si seguía acudiendo por allí. Y efectivamente, no faltaba a su cita diaria con las cervezas. No tomaba pastillas ni *tripis* pero las cervezas se las bebía de ocho en ocho.

Aquella noche fui a comprar droga, y al día siguiente comencé ejecutar mi plan de venganza. A las seis de la tarde

71

entré al bar y esperé a que llegara mi víctima.

A la media hora de estar en Los Moles apareció Ramón con la misma pinta de chulo y prepotente de siempre. Se apalancó en la barra y se pidió una cerveza. Fue entonces cuando aproveché para poner mi copa lo más cerca de la suya. Una vez situado en una buena posición estratégica fui al lavabo para comenzar con la operación. Saqué dos *pirulas*, las machaqué y las guardé en mi mano. Volví a la barra del bar para esperar el momento perfecto para introducir las pastillas espolvoreadas en la jarra de cerveza de Ramón.

Minutos más tarde, cuando la víctima entró al lavabo, aproveché para colocarle la droga en su bebida. La operación estaba en marcha. Sólo hacía falta esperar unos minutos hasta ver la reacción del exdrogadicto de Luna. Seguramente se pondría como las motos.

A la media hora, Ramón tenía la mandíbula tensa y los ojos como platos. La droga le había hecho efecto. Fue entonces cuando me acerqué a él y me presenté.

—Perdona, ¿eres Ramón Luna?

—Sí, ¿quién eres? —me respondió con la mandíbula desencajada.

—Soy Luis Doblado. Trabajé en el almacén de ropa hace años.

—Sí, ya te recuerdo. ¡Qué buen rollo! ¿Qué haces aquí?

—Vivo por aquí, y de hecho suelo frecuentar este bar. Te había visto otras veces pero no estaba seguro que fueses tú, por eso no te dije nada.

—Tú has cambiado mucho, por eso no te reconocía —tenía las pupilas como puntas de alfiler.

Pasé una hora hablando con él y le propuse ir a otro bar a tomar algo. Le dije que era mi cumpleaños y que no tenía con quién celebrarlo, así que accedió a venir conmigo. El *colocón* que llevaba encima le hacía estar de buen rollo y con ganas de fiesta.

Pasamos toda la tarde bebiendo cervezas, y entre jarra y jarra le fui metiendo más droga en su bebida. Al llegar la noche me lo llevé a una discoteca y continué con mi operación. Yo tuve que dejar de beber para poder aguantar hasta el amanecer sin emborracharme. Una vez que cerró la discoteca le propuse ir a algún lugar donde seguir con la fiesta y me invitó a su casa. Según me dijo, vivía solo. Una vez en su domicilio le dije que tenía tripis y le ofrecí uno. El tío no pudo resistirse y se lo metió en la boca. Pasé varios días con él dándole droga sin parar. Apenas dormí nada pero había valido la pena. Al tercer día Ramón nuevamente se había metido de lleno en la mala vida.

Para culminar mi venganza y una vez que le había dado el bajón, lo sedé para que no se enterara de nada. Y durante casi dos días estuve inyectando heroína en su cuerpo. Despertó siendo un drogadicto en toda regla. Dejé sobre la mesilla de noche heroína, pastillas y tripis, y justo al lado una jeringuilla. Al despertar pensaría que había consumido toda esa droga por voluntad propia. La heroína, el sedante y el hecho de haber estado dos días inconsciente le harían creer que no recordaba nada debido a la gran cantidad de sustancias tóxicas que había consumido.

Desde ese día, Ramón volvió a ser un *yonki* y su vida se derrumbó como un muro que cae tras recibir varios mazazos. El plan había salido perfecto.

Ahora tocaba analizar a la siguiente víctima, Moisés Zaragoza, el chaval que me hizo la vida imposible en el barrio durante un buen tiempo.

Todo comenzó cuando este tipo se instaló en el barrio. Recuerdo que nadie lo conocía ni sabía de dónde venía. Era un chaval alto, moreno y de piel oscura. Su mirada era seria y profunda. Desde el primer momento en que lo vi supe que no era una persona normal. Y es que su rostro reflejaba mucha maldad.

Apenas habían transcurrido unos días desde que llegó al barrio cuando, de repente, se acercó hasta un grupo de niños que jugaban y les quitó todos los cromos. Los amenazó para que no dijeran nada dándole un bofetón a uno de ellos intimidando así al resto del grupo. Moisés tenía cuatro o cinco años más que nosotros.

Tras contemplar desde la distancia la primera humillación del tal Zaragoza a mis amigos tuve claro que pronto se ensañaría conmigo. Era normal creer esto puesto que yo era el más débil del grupo, y como dije antes, este tipo de individuos siempre se ensañan con los más indefensos.

A las pocas semanas ya me había fichado como su "putita" de juegos. Me pegaba patadas, bofetones, pellizcos... Hacía conmigo lo que le venía en gana.

En una ocasión nos cogió por banda a dos amigos y a mí. Estuvo dándonos patadas hasta que un chico mayor que él bajó a defendernos. El chaval observó desde el balcón de su casa cómo Moisés abusaba de nosotros. Aquel día nos dejó tranquilos, pero poco después se vengó de aquella situación. Concretamente a mí me pilló solo una tarde mientras caminaba por el barrio. Me cogió del brazo y, enseñándome una navaja, me obligó a ir al descampado que había al lado de casa. Allí teníamos una cabaña donde jugábamos. Me metió dentro y me obligó a hacer cosas tan horribles como besarle el culo o quitarle los calcetines y chuparle los pies. Una vez que me había humillado lo suficiente metió en la caseta a un perro abandonado de los que rondaban siempre por el barrio y me obligó a que le hiciera una paja. Sentí tanto asco que rompí a llorar, pero al indeseable de Moisés aquello sólo le produjo risa. Para culminar su maltrato se ensañó conmigo a base de propinarme patadas y bofetones. Lo pasé tan mal que estuve varias semanas sin salir de casa.

Pasé varios meses muy jodido por culpa de este tipo que se empeñó en pegarme y humillarme cada vez que se cruzaba conmigo. Yo intentaba caminar por zonas concurridas para evitar estar solo en la calle, ya que el muchacho intentaba no agredirme cuando había gente delante, aunque en alguna ocasión esto tampoco fue un problema. Una vez me llevó a rastras media calle hasta meterme en un parking. Allí se ensañó nuevamente conmigo. Me hizo lamer tantas ruedas que vomité dos veces del asco. Y por si no fuera poco hizo que lavara el coche de su padre utilizando mi lengua como esponja. Una vez que terminé de hacer todo lo que me había exigido, me agarró del pelo y estampó mi cabeza en repetidas ocasiones contra un muro. Salí de allí con dos chichones tan grandes como una pelota de frontón.

Lo pasé tan mal por culpa de Moisés que mi venganza tenía que ser cruel. Para ello tenía que idear un plan perfecto.

Averigüé que mi víctima acudía a diario a uno de los gimnasios que hay en el barrio, así que rápidamente se me ocurrió una estrategia para llevar a cabo la venganza.

Al día siguiente me hice socio del gimnasio y comencé a frecuentarlo mañanas y tardes durante una semana. Una vez que supe el horario en el cual acudía Moisés procedí a ejecutar mi plan. Para ello pasé un par de días practicando cómo abrir mi taquilla sin forzar la cerradura. Aprendí una técnica que es utilizada actualmente por bandas organizadas que se dedican a desvalijar domicilios.

Esperé el momento propicio y abrí la taquilla de la víctima. En su mochila introduje la droga que me había sobrado de mi venganza anterior, y acto seguido llamé a la policía desde el teléfono del gimnasio para denunciar de forma anónima a Moisés. Les dije que se dedicaba a vender droga y que se la ofrecía incluso a los chavales más pequeños.

La policía apenas tardó cuarenta minutos en llegar. Lo hicieron de incógnito para no levantar sospechas ya que la denuncia podía ser falsa. Así que entraron vestidos de paisano.

A los pocos minutos llamaron a Moisés y le pidieron que abriera la taquilla. Al revisar su bolsa hallaron más de veinte pastillas, cinco tripis y casi diez gramos de heroína. Los agentes llamaron a una patrulla y, media hora después, el mierda de Moisés Zaragoza iba camino a comisaría. Según supe posteriormente, el fiscal pedía para él nueve años de cárcel.

En este punto finalicé mi venganza y el seguimiento de la víctima. Con lo que le había hecho pagaba con creces todo el mal que me causó años atrás. Ahora tocaba ir a por Manuel Ortega.

Lo primero que me planteé fue la posibilidad de realizar una venganza en masa volcando toda mi rabia no sólo contra

Ortega, también contra el resto de currantes que habían hecho caso omiso a mi sufrimiento durante aquellas humillaciones. Así que decidí visitar la empresa donde trabajé con dieciséis años para ver si aún seguía en pleno funcionamiento y si Manuel continuaba empleado en ella. De ser así, también me vengaría de aquellas personas que continuaran trabajando allí desde entonces y que de algún modo habían sido cómplices del maltrato sufrido.

No perdí más tiempo y al día siguiente me acerqué al polígono Santa Margarita, en Terrassa. Allí me encontré de frente con la empresa «J. L. Camps». La fábrica estaba abierta, y el pequeño parking que rodea las naves y oficinas estaba plagado de coches, tal cual lo recordaba.

Me senté en mi vehículo y esperé a que salieran los trabajadores. Mientras contemplaba el desfile de empleados abandonando el recinto, pude reconocer a varios de ellos, entre los cuales se encontraba el indeseable de Ortega. Salió gastando bromas al resto de compañeros, como si la felicidad fuera una constante en su vida. Parecía tan contento que intuí que todo le iría bien. En ese momento volví a pensar que todas las malas personas son afortunadas. Y la verdad es que no entendía por qué la vida sacude a la buena gente y trata bien a los indeseables. Esta cuestión me atormentaba una y otra vez desde que inicié mis venganzas, pero no hallaba una respuesta sólida, por lo que mi rabia era mucho más intensa que todo el odio que sentía por ellos.

Mi primer paso para hacer justicia fue poner clavos en las ruedas de los coches de las personas que habían permitido que Ortega me humillara años atrás. Con esta pequeña gamberrada daba por zanjada mi venganza contra ellos. Bueno, a un par también les rocié la puerta del coche con productos químicos corrosivos para que se quemaran la mano al abrir el vehículo.

Durante las siguientes horas comencé a orquestar una estrategia para destrozar a Manuel. Quería hacerle sufrir mucho. No iba a tener tanta piedad como con sus compañeros de trabajo.

Para valorar qué procedimiento seguir durante mi próxima venganza, me senté al lado de la ventana, y con una buena copa de vino me puse a recordar algunos de los momentos más terribles que este personaje me había brindado.

Una de las primeras humillaciones que recibí fue a los pocos días de estar trabajando en la empresa. Ortega se hacía pasar por homosexual para insinuarse ante mí y despertar risas entre los compañeros. Al principio creía que la cosa no pasaría de ahí, pero a las semanas este tipejo cruzó la línea que hay entre la broma y el acoso.

Después de tomar el bocadillo fui a incorporarme a mi puesto de trabajo, y fue entonces cuando Manuel, que permanecía escondido detrás de una máquina, me agarró del brazo y me llevó hasta ese rincón. En ese instante aparecieron otros compañeros que permanecieron riendo sin parar mientras que Ortega me tiraba al suelo y se montaba encima simulando una violación. A los pocos segundos la cosa fue a más, y otros dos trabajadores que se incorporaron a la humillación me sujetaron mientras éste se sacó su miembro viril y me lo frotó por toda la cara. Chillé, grité, supliqué... pero no sirvió de nada. Los acosadores continuaron con su broma mientras el resto de presentes se retorcía de risa señalándome con el dedo y haciendo comentarios jocosos. Pasé tal vergüenza que durante los próximos días no fui capaz de mediar palabra con nadie. El encargado me preguntó si me pasaba algo pero no fui capaz de delatar a mis maltratadores. Tenía miedo a represalias. Fueron unos momentos realmente incómodos y nefastos.

Otra de las putadas que recuerdo con muy mal sabor ocurrió un viernes por la tarde. Normalmente, esos días después de comer los dedicábamos a limpiar la empresa, por lo que la producción se paraba hasta el lunes siguiente, y las bromas se producían con más frecuencia.

Ortega me dijo que le ayudara con unas cajas que había en la zona del montacargas. Aunque en realidad era un pequeño ascensor que comunicaba ambas plantas.

Una vez que llegué a la zona donde supuestamente estaban las cajas, vi que allí no había nada. Entonces me supuse lo peor. ¡Ya me va a hacer algo este cabrón!, pensé en ese instante. Y acto seguido apareció Manuel y, a base de empujones, me metió dentro del ascensor. ¿Os imagináis qué sucedió después? Le dio al botón del montacargas para que subiera y cuando éste se encontraba entre las dos plantas lo paró. Me dejó allí casi dos horas. Durante todo ese tiempo tanto él como otros compañeros se metían conmigo y se mofaban de mí. Sentí mucho miedo porque en aquella época me daban pánico los ascensores. Un chaval del barrio se quedó atrapado en uno y sufrió un grave accidente al intentar escapar. Recuerdo que les conté mi fobia, pero aquellos impresentables no movieron un solo dedo para sacarme de allí; más bien hicieron todo lo contrario y alargaron mi estancia en el lugar para poder disfrutar mejor de aquella humillación. Aún a día de hoy me parece escuchar ese jaleo de risas y carcajadas cada vez que subo a un ascensor. Menudos hijos de puta.

Manuel practicaba artes marciales a nivel aficionado y, como ya me sucediera anteriormente con otro de mis agresores, a veces le daba por "entrenar" conmigo. Durante varios meses tomó por costumbre golpearme en los hombros con su puño. Decía que había que pegar puñetazos secos y retroceder rápido. El resultado de estos envites era que siempre me marchaba a casa con moratones en los brazos. Incluso llegó a agredirme en diferentes ocasiones con un palo de escoba que guardaba en el almacén. Me lo hizo pasar francamente mal.

Por si todo este tipo de vejaciones fuese poco, culminó su maltrato haciéndome una putada que me hizo estar dos horas vomitando del asco. El tío se meó en mi sopa y, tras bebérmela, me lo dijo. Yo pensé que se trataba de una mentira con la cual quería reírse de mí, pero me enseñó un vídeo que había grabado previamente donde aparecía él orinando en mi comida. Vomité tanto que el encargado me mandó a urgencias. Los compañeros se morían de la risa y fue objeto de burlas masivas durante semanas. A la hora del almuerzo siempre aparecían las mismas bromas hasta tal punto que tuve que esconderme en los lavabos para poder comer tranquilo.

Fueron muchas las situaciones extremas a las que me sometió Manuel Ortega con el consentimiento del resto de compañeros de trabajo. Como podréis imaginar, mi dolor al recordarlas es tremendo, pero bueno, esto provocaba que mi ansiedad por tomar venganza fuese aún mayor, así que me puse a idear un plan.

Habían pasado cuarenta y ocho horas desde que elegí el tipo de ataque que llevaría a cabo contra mi víctima y me puse manos a ello sin perder más tiempo.

Me levanté temprano. Después de correr quince kilómetros por el bosque, subí a casa a ducharme. Tras desayunar fui de compras. Necesitaba ropa oscura y un pasamontañas negro. Tenía claro que mi venganza sería muy sangrienta y debía evitar a toda costa que Ortega o alguien más me reconociera.

Esperé a que fueran las cuatro de la tarde para vestirme con el uniforme de camuflaje que me había preparado. Me acerqué en mi vehículo hasta la fábrica y allí, agazapado, esperé a que se hiciera de noche. Una vez que el sol se había ocultado salí del coche y me acerqué hasta el parking de la empresa. Me situé detrás del vehículo de Manuel y manipulé una de sus ruedas para que pinchara a los pocos metros de comenzar a circular. Mi plan estaba en funcionamiento. Saqué mi hacha y me oculté a esperar a que saliera la víctima.

A la hora de estar allí comenzaron a desfilar los trabajadores que habían terminado su turno. Ortega fue uno de los últimos en abandonar el lugar así que aquello me facilitó mucho las cosas. Era importante que no hubiese mucha gente rondando por los aledaños al lugar donde iba a tomar el asedio contra su persona.

La víctima consiguió circular apenas cien metros hasta que mi trampa dio resultado y su rueda trasera pinchó. Entonces Ortega se bajó del vehículo para ver qué había sucedido. En ese momento oculté mi hacha en la espalda y me acerqué hasta su posición.

—¿Está bien, amigo? —pregunté.

—Sí. Creo que he pinchado.

—Si quiere puedo ayudarle. Soy mecánico.

—No se preocupe, es un simple pinchazo. Cambiaré la rueda.

—Tranquilo, no es ninguna molestia —me acerqué sigilosamente hacia él.

Al llegar a su posición, Manuel estaba de cuclillas mirando la rueda trasera del coche. Le propiné una patada en la cabeza que hizo que cayera al suelo. En ese momento y sin mediar palabra, saqué mi hacha y desmembré partes de su cuerpo. Este hijo de puta se había quedado sin brazos y sin piernas. La venganza estaba a punto de completarse, pero claro, para ello tenía que dejar vivo a la víctima. La idea es que se pasase el resto de sus días viviendo sin extremidades. Agarré su teléfono móvil y llamé al servicio de emergencias para que enviaran una ambulancia. Les dije que un loco con un hacha le había cortado piernas y brazos a un hombre.

Antes de irme me acerqué a Manuel y, mientras éste chillaba de dolor, le dije al oído que aquello le pasaba por ir humillando a la gente. Como despedida, y en plan sátiro, le dije que ya no podría rascarse más el culo, pero que no se preocupara porque aquello también tenía su lado bueno, y es que ya no tendría que cortarse las uñas de los pies nunca más.

Todo había salido perfecto y las tres víctimas de esta nueva operación habían sufrido mi ira según lo previsto. La verdad es que la suerte estaba de mi parte y hasta ese instante nada parecía poder frenar mi sed de venganza. ¿Me duraría la suerte hasta completar todo el círculo de víctimas que tenía programado? En ese preciso momento creía que sí... aunque no siempre todo es lo que parece.

CAPÍTULO 5
Por la noche todo es posible

Nunca he creído en fantasmas ni nada por el estilo, pero aquella noche sucedió algo que me hizo plantear cuestiones existenciales a las que nunca antes había prestado atención.

Me senté delante de la tele para disfrutar de mi hermoso sofá mientras saboreaba una buena copa de vino. Me acompañé de la televisión para poder conciliar el sueño, las experiencias vividas en las últimas semanas habían sido tan intensas que necesitaba una pequeña ayuda para descansar por las noches.

Estuve viendo el programa de Cuatro que presenta Jesús Calleja, y después cambié de canal para ver qué emitían en otras cadenas. Casualidad o no, en todas daban anuncios, así que terminé poniendo Cuatro. Justo en ese momento comenzaba el programa de Cuarto Milenio. La verdad es que no me apasiona demasiado ese tipo de contenido, pero en aquella ocasión decidí verlo tras conocer el debate que expondrían aquella noche. El tema a tratar iba relacionado con la aparición de difuntos. Según explicó el presentador, a un conocido asesino en serie se le aparecieron algunas de las víctimas que había matado. El debate estaba claro, ¿se trataba de apariciones reales o todo estaba en la mente del sujeto? Según las pruebas y evidencias que habían rescatado en el programa, parecía indicar que realmente esas apariciones se debían a algo externo a la mente y el cerebro del testigo. Pero claro, ahí estaban los científicos menos crédulos para rebatir esas pruebas. El programa se presentaba muy atractivo.

Después de ver la recreación de la historia y estar muy atento al debate, decidí ponerme una copa de coñac antes de irme a dormir. Había disfrutado mucho de Cuarto Milenio. Jamás imaginé que un programa con este tipo de contenido podía ser tan serio y riguroso. Desde ese día lo seguí cada domingo.

Al terminar mi copa me quedé dormido en el sofá. A las dos horas me desperté empapado en sudor. Una terrible pesadilla se apoderó de mí.

Me vi dentro de una habitación pequeña y sucia. Intuí que estaba en una casa abandonada. Instantes después aparecieron todas las personas de las que me había vengando, incluso aquellas que estaban muertas. Me rodearon durante un buen rato gritándome cosas horribles y mostrando su sed de venganza contra mí. Fue una tortura psicológica tan extrema que en aquellos momentos no se la deseaba ni al peor de mis enemigos.

Una vez que aquellos personajes desaparecieron de mi sueño comencé a ser testigo de algo que me dejó atónito. Fue como contemplar una película en la cual yo estaba inmerso en ella. La sensación que tuve es que estaba presente en todo momento en los lugares donde transcurrían las escenas, aunque era invisible para las personas que la protagonizaban.

El primer lugar donde aparecí fue una comisaría de Policía. Allí varios agentes hablaban de una serie de asesinatos y casos extraños que se había producido en la comarca.

El primer suceso que despertó la curiosidad del grupo de investigación de la policía fue el de Olivares, mi primera víctima.

—El caso es extraño, y creo que hay un trasfondo que me hace pensar en lo peor —comentó un agente.

—Yo pienso igual, comisario —apostilló, el segundo agente.

—¿Qué creéis que ha ocurrido? —preguntó el comisario.

—Según la investigación realizada hemos descubierto que alguien manipuló pruebas para arruinar la vida de la víctima. Ninguna de las acusaciones a las que fue sometido eran reales, ni las que afectaban a su vida personal ni tampoco las laborales. Estamos seguros de que alguien se esforzó mucho para destrozar la vida y la reputación de este hombre.

—¿Tenéis algún sospechoso? —preguntó el comisario.

—De momento no, pero creemos que tuvo que ser alguien de su entorno, o por lo menos una persona que tuvo contacto frecuente con él en alguna etapa de su vida.

—Seguid investigando. Buen trabajo, chicos.

Después de contemplar esta escena di una especie de salto en el tiempo y me vi nuevamente en el interior de la comisaria. Supuse que era otro día porque los policías vestían con otra ropa. Por cierto, no lo he dicho, pero los investigadores y el comisario no portaban uniforme, vestían de paisano.

En esa nueva escena los protagonistas eran los mismos, aunque no se encontraban en el interior de un despacho, estaban conversando justo al lado de la máquina de cafés.

Aquel sueño parecía tan real que recuerdo perfectamente la conversación que mantuvieron. En ese instante sentí miedo. La sensación de estar en el punto de mira de los agentes me hizo temblar de pánico. ¡Maldita pesadilla!

—¿Cómo lleváis el caso del propietario del gimnasio y su hijo? —preguntó el comisario.

—La verdad es que el asesino se ensañó de forma terrible

con ellos. Hemos tenido que solicitar apoyo a Esteban para que nos ayudara a crear un perfil del asesino.

—¿Habéis llegado a alguna conclusión?

—Actualmente estamos valorando dos posibilidades. Podría tratarse de algún psicópata que eligió a las víctimas por algún motivo que aún desconocemos. Y la otra opción, que para nosotros puede ser la más certera, sería que se tratara de algún ajuste de cuentas.

—¿Y por qué creéis que puede ser un ajuste de cuentas? —replicó el comisario.

—El tío era una buena pieza. Nunca estuvo preso pero durante su vida tuvo problemas con muchas personas. Y su hijo, según hemos averiguado iba por el mismo camino que él. Por eso pensamos que quizá detrás de estas dos muertes se halle algún tipo de venganza.

El comisario se marchó a su despacho y los agentes se terminaron el café tranquilamente mientras barajaban métodos de investigación para estrechar lazos en el caso y llegar hasta su primer sospechoso.

Mientras presenciaba todo lo que estaba aconteciendo en mi sueño no era consciente de que estaba dormido. Por momentos aquellas situaciones parecían tan reales que, más tarde, cuando desperté aún dudaba de si había tenido una pesadilla o todo había sido real.

El siguiente salto en el tiempo me llevó hasta una nueva conversación entre los agentes y el comisario. La pesadilla era de esas que son repetitivas, aunque en este caso, y a pesar de mantenerse los mismos personajes, el escenario y las conversaciones cambiaban.

Me vi en una gran sala llena de sillas y con una pizarra al fondo. En ella estaban nuevamente el comisario y los dos agentes. Mantuvieron otra charla relacionada con una de mis víctimas.

—¿Recordáis a Ramón Luna? —dijo el comisario.

—Sí —respondió un agente, mientras el otro negó con la cabeza.

—Sí, hombre. Ramón Luna es aquel tipo que trapicheaba con droga en garitos y discotecas —exclamó nuevamente el agente.

—¡Ah sí! Ya sé quién es. Ese camello de poco pelo que movía cantidades pequeñas pero que nos dio muchos problemas —dijo el otro agente.

—Exacto. Pues ha llegado a mis oídos que nuevamente se ha metido en la droga. No sé si trafica, pero consume tanto o más que antes. Y según dicen ahora también le da a la heroína —gesticuló preocupado el comisario mientras hablaba.

—Pues es una pena porque no parecía mala persona.

—El agente Portero me dijo que un confidente le había dicho que alguien lo metió en la droga a traición, colocándole sustancias tóxicas en la bebida, incluso se habla de que pudieron inyectarle el caballo mientras estaba dormido.

—Comisario, ¿crees que estamos ante otro caso extraño dentro de la comarca?

—A estas alturas de la vida y con tantos años de profesión a mi espalda, me lo creo todo. Así que mandaré a dos compañeros vuestros para que investiguen el caso. Así le hacemos un seguimiento para ver si está trapicheando, ya que puede ser lo más probable. Necesitará dinero para pagarse el vicio, y según tengo entendido, actualmente no trabaja.

Rápidamente, un nuevo salto en el espacio-tiempo se produjo, mientras tanto yo continuaba inmerso en aquel extraño sueño.

El siguiente escenario que contemplé fue una cafetería. En ella aparecieron de nuevo los dos agentes, aunque en esa ocasión faltaba el comisario. Intuí que la conversación que escuché allí fue un tanto informal. De todos modos el contenido de ésta hizo que me preocupara aún más si cabe. El cerco parecía que poco a poco se estrechaba y las sospechas podían caer sobre mí. Aunque ésa fue sólo mi interpretación ya que los policías en ningún momento mencionaron mi nombre.

—Me han llamado del laboratorio, ¿y sabes qué me han dicho?

—No me lo digas. ¿Qué la droga incautada en el gimnasio a tal Moisés Zaragoza era de la misma procedencia que la incautada hace unos días a Luna?

—Sí. ¿Cómo lo has sabido? —preguntó sorprendido el agente.

—Porque he visto a Vanesa y me lo ha dicho —el policía esbozó una sonrisa.

—¡Qué cabrón eres! A mí me llamó su jefe para contármelo —el hombre empezó a reír a carcajada limpia.

—La verdad es que todo es muy extraño. ¿No te parece?

—Pues sí. Cada vez tengo más claro que en toda esta trama las víctimas y los protagonistas están unidos por un nexo común. Quizá detrás de todos estos asesinatos y extrañezas se esconde una sola persona que ha decidido ir contra todos ellos por algún motivo que aún desconocemos.

—Pienso igual que tú. Cada vez lo tengo más claro.

Intuí que pronto podía estar en el punto de mira. La policía estaba haciendo una gran labor y mi tiempo se estaba agotando. En ese momento no era consciente de que todo aquello que presenciaba era simplemente un sueño. Mi nerviosismo era tal que sudaba de una forma asquerosa. Cuando me desperté media hora después comprobé que las sábanas y la almohada estaban empapadas de sudor.

Como es de imaginar, la última conversación que escuché en aquella pesadilla rara tuvo que ver con la que por entonces había sido mi última víctima. Los agentes y el comisario conversaron sobre el tremendo descuartizamiento al que habían sometido a Manuel Ortega.

—El último caso que ha ocurrido en la comarca me parece horrible. Tras este suceso se halla un auténtico psicópata. ¿No opináis igual? —comentó el comisario.

—Sí. Nosotros estamos convencido de ello. Sólo hay que analizar la actitud del agresor una vez le había cortado las extremidades.

—¿Qué le dijo? Desconozco ese dato.

—No lo sabes porque cuando le pasamos el primer informe todavía no conocíamos dicha información. En el nuevo dossier que estamos preparando va incluida. Lo que el agresor hizo, una vez que dejó a Ortega sin brazos y sin piernas, fue llamar rápidamente por teléfono para pedir una ambulancia. Esto demuestra que su interés no era matar al hombre; quería dejarlo vivo para que éste viviera durante toda su vida sin extremidades.

—Este tipo es un sádico —gritó el comisario.

—Un auténtico psicópata que, por lo que intuimos, puede ser el mismo que ha ejecutado otras atrocidades en la comarca. Sólo nos falta estrechar lazos y unir algunos flecos que hay sueltos. Quizá en unos días podamos tener a algún sospechoso.

Las escenas que contemple a continuación pasaron por mi mente de una forma veloz. Quizá transcurrieran en un tiempo de media hora, aunque dentro de mi sueño se me hizo eterno.

Hasta el momento, en mi pesadilla había visto de forma cronológica todas las conversaciones de la policía que hacían referencia a mis víctimas. Lo que vino a continuación también lo presencié de forma cronológica. Observé a numerosos agentes de policía en los lugares de los hechos donde se habían producido mis venganzas. Allí tomaban pruebas o investigaban sobre el terreno.

Durante estos episodios, la policía fue obteniendo indicios que poco a poco me señalaban como el psicópata que había cometido todos estos actos de violencia.

La siguiente situación que observé fue nuevamente en la comisaria, donde los agentes y el comisario exponían el nombre de varios sospechosos. El mío apareció entre ellos. En ese momento me pregunté que cómo demonios me habían descubierto. Aunque tenía la esperanza de que le cargaran el "muerto" a otro. Total, habíamos seis o siete sospechosos.

Un nuevo salto en el tiempo me llevó hasta una escena que me dejó aterrado. El juez había dado la orden de pinchar mi teléfono y registrar mi casa. Me había convertido en el sospechoso principal de la policía.

A los pocos segundos todo se oscureció y, de repente, una luz blanca muy intensa me cegó. Cuando pude abrir los ojos vi a los agentes registrando mi domicilio. Allí hallaron más indicios que me inculpaban... sentí tanto miedo que estuve a punto de orinarme encima.

La última escena que vi fue la más dura de todas. Me encontraba preso en la cárcel y con una larga condena a mi espalda. Sin embargo, en aquel momento, y por primera vez durante todo el sueño, fui consciente de que estaba inmerso en una pesadilla. Era imposible que estuviera en la cárcel y menos que llevara varios años ya que a mí apenas me quedaban unos meses de vida. Fue entonces cuando desperté del sueño. Sudaba como una mala bestia y tenía las pulsaciones a mil. ¡Qué horror!, pensé en ese momento. Menos mal que sólo había sido una pesadilla.

Aquel día reflexioné bastante sobre mis actos de venganza. ¿Estaba haciendo lo correcto?, me pregunté una y otra vez. La respuesta fue un sí rotundo. Aquellos hijos de puta que me habían humillado tenían que pagar por ello. No sólo estaba haciendo justicia por mí, también lo hacía por todas aquellas personas a las que este tipo de cabrones maltratan a diario en todo el mundo. Mi gesta debía ser recordada para que los maltratadores de generaciones venideras se pensaran dos veces las cosas antes de humillar a nadie. Así que estaba dispuesto a morir matando; total, en unas semanas estaría cadáver debido a la enfermedad.

Mi siguiente objetivo era atacar a un viejo compañero de mili. Me puse manos a ello.

CAPÍTULO 6
El la mili no siempre se hacen amigos

En el año 1995 fui llamado a filas. Entré en el Ejército Español como soldado del segundo reemplazo de ese año. Lo cierto es que nunca me había interesado demasiado el tema bélico ni este tipo de instituciones, aunque sabía que era necesario que existieran para preservar cuestiones como la ayuda humanitaria en zonas de guerra o proteger el territorio nacional en caso de invasión o ataque extranjero.

Me parece que fue ayer cuando tomé mi primer tren en dirección Lérida. Allí me esperaba un enorme cuartel militar donde pasaría el primer mes haciendo la instrucción hasta la Jura de Bandera.

Los vagones de tren desprendían un apestoso olor a porro. La mayoría de reclutas que viajaban iban fumando canutos, y eso me molestaba. Siempre he detestado los *cigarritos de la risa*. Es algo que me molestaba mucho en aquella época, pero con el paso de los años he aprendido a ser más tolerante y ya no me incomoda tanto cuando los consumen en mi presencia.

Al llegar a nuestro punto de destino, el cannabis había corrido tanto por los pulmones de mis futuros camaradas que el *colocón* que llevaban algunos era tremendo. Por si aquello fuese poco, durante las horas previas a presentarnos en el cuartel estuvieron bebiendo cervezas sin parar. ¡Menuda cogorza pillaron!

A pesar de contemplar ese desfase de drogas y alcohol intuí que todos eran buenas personas. No presencié bromas pesadas entre ellos ni tampoco faltas de respeto. Durante aquellas horas creí que mi estancia en el ejército sería tranquila. De todos modos desconocía cómo sería el recibimiento que nos harían los veteranos. Siempre se había dicho que las putadas en la mili eran legendarias. Incluso corrían rumores que decían que algunos reclutas habían muerto debido a estas gamberradas extremas. Lo que sí tenía claro en aquel momento era que las personas que vinieron conmigo en el tren parecían buenas.

Al entrar al cuartel nos pusieron en fila para pasar lista. Una vez que habían comprobado que todos estábamos presentes, nos hicieron entrar en un almacén donde nos dieron dos uniformes militares, varios complementos y unas botas.

Al salir del almacén nuevamente tuvimos que ponernos en formación para esperar a que todos los reclutas hubiesen recibido el material. Acto seguido nos llevaron hasta uno de los edificios que hay en la parte trasera. Recuerdo que tuvimos que subir por una escalera larga hasta llegar a la segunda planta. En esa zona se encontraba nuestro departamento, donde dormiríamos los próximos treinta días.

Al acceder al interior del barracón pude ver un montón de literas en el medio; a ambos lado estaban las taquillas que utilizaríamos para guardar nuestras pertenencias. El lugar parecía tranquilo.

Después de asignarnos cama y taquilla nos dieron cinco minutos para que pusiéramos las sábanas nuevas y guardáramos las cosas en la taquilla. No tuvimos que vestirnos de militar, y eso me extrañó un poco.

Minutos más tarde, el que sería nuestro sargento nos ordenó ponernos firmes junto a nuestra cama. Acto seguido entró un alférez y pasó *revista*[1].

Durante aquella primera inspección militar pude aprender algo que hasta entonces ignoraba. Uno de los reclutas procedía de un pequeño pueblo de montaña donde los lugareños sólo hablan catalán, y el chico a penas entendía castellano. El sargento le dijo que pusiera bien la almohada de su

---

[1] Así se denomina en la jerga militar a la revisión que los mandos hacen a los reclutas.

cama, que según le explicó, la había colocado mal. El recluta empezó a estirar las mantas. El sargento le replicó: «La cama no, recluta. Le he dicho que ponga bien la almohada». El chico mantuvo silencio y agarró las sábanas. Entonces el sargento y todos los presentes intuimos que el pobre Pujol no sabía lo que significaba almohada.

Este recluta lo pasó francamente mal durante el servicio militar, pero no por los mandos, que intentaron ayudarle en todo momento. Fue por el resto de soldados que aprovecharon su desconocimiento del castellano como excusa para ensañarse con él.

Ese día también nos hicieron un pequeño examen escrito de cultura general y un test con preguntas personales. Supongo que para valorar la cultura y el perfil psicológico del nuevo regimiento.

El primer día todo transcurrió dentro de la normalidad. No hubo putadas ni acontecimientos desagradables. El segundo día empezó mi auténtico infierno.

La primera broma que me gastó el veterano que amargó mi existencia ocurrió ese día. El tipo se llama Alberto Pacheco, y es de un barrio humilde de Barcelona. Según supe a los pocos días, se ganaba la vida vendiendo pañuelos en semáforos y siendo un maleante. Aún me acuerdo de cómo se presentó ante mí. Se acercó junto a dos personas más y, enseñándome su gorra, me dijo que cada viernes antes de irnos de fin de semana pasaría a verme para que le echara algo de dinero. Según me contó era una costumbre que los veteranos pasasen la gorra a los recién llegados durante los primeros meses. Aquello me molestó mucho porque mi familia no tenía un duro; les costaba horrores poder mandarme algo de dinero para que pudiera comprar comida y sacar los billetes de tren para regresar a casa los fines de semana que tenía permiso. Así que le dije que no le iba a dar ni un duro porque mi familia era pobre y apenas podía enviarme dinero.

Tras plantar cara a Pacheco, recibí una fuerte bofetada. Me agarraron entre los tres y me quitaron la llave de mi taquilla. Después de robarme todo lo que les vino en gana, me encerraron dentro y comenzaron a dar golpes con todas sus fuerzas. Pasé casi dos horas allí metido mientras Alberto y sus secuaces se divertían a mi costa. Una vez que me sacaron de ella, el hijo de puta de Pacheco me dijo que me buscara la vida, pero que cada viernes quería que le diera como mínimo quinientas pelas. Durante el mes de instrucción terminé dándole más de cinco mil pesetas. Tuve que privarme de comprar comida días en los cuales el *rancho* que sirvieron en el comedor no me gustó. Así que me quedé sin comer, pasando bastante hambre, la verdad.

Había transcurrido poco tiempo desde que era soldado del Ejército Español cuando una nueva putada comenzó a ceñirse sobre mi persona. Estaba en el barracón jugando una partida de tenis mesa contra un compañero de reemplazo. Machacaba a mi rival porque siempre se me había dado bien este deporte. Solía jugar bastante en la escuela y debido a mi experiencia con la pala, apenas encontraba oponentes que me plantaran cara entre los soldados, ya que la mayoría nunca habían jugado al *ping pong*. Me sentía superior a ellos y eso me hacía sentir satisfacción. La cuestión es que Pacheco se acercó a la mesa donde se estaba llevando a cabo la partida y estuvo más de diez minutos observando cómo jugábamos. Entonces paró la partida y se acercó a mí.

—Tú, Comemierda, ven aquí —me dijo con mirada desafiante.

—¿Qué quieres? —contesté asustado.

—Veo que se te da muy bien esto del *ping pong*.

—La verdad es que sí. No he perdido ninguna partida desde que estoy aquí —le hablé en tono amistoso para intentar ganarme su amistad.

—Tú y yo vamos a hacer negocios, Comemierda.

—¿Negocios? —pregunté asombrado.

—Sí, negocios. ¿Estás sordo o qué? Mira que no me gusta repetir las cosas dos veces, ¿eh?

—Perdona, es que no te entiendo.

—No tienes que entender nada, Comemierda. Tú limítate

a obedecer y punto. ¿Entendido?

—Vale —respondí agachando la cabeza.

—Voy a preparar una partida para que juegues contra otro recluta. Quiero que pierdas sin que se note que te has dejado.

—Pero...

—¡Qué te calles y escuches, coño!

—Perdona.

—Si me haces caso y pierdes no te pasará nada, pero como se ocurra ganar te voy a dar una paliza que la recordarás toda tu vida. Y ahora sigue jugando con estos mamelucos para que vean que eres invencible. Ah, por cierto, antes de la gran partida quiero que machaques a todos con los que juegues. El día del evento quiero la gente apueste por ti.

Lo que pretendía Pacheco era organizar apuestas durante aquella partida. Todos invertirían su dinero en mi victoria, y Alberto lo haría contra mí. El muy tramposo pretendía forrarse a mi costa engañando a los demás. Menudo tipejo estaba hecho.

Estuve cinco días jugando al tenis de mesa en todo momento que tuve libre. Gané a decenas de personas. Por toda la compañía se hablaba de mí con gran admiración. En aquellos momentos me sentía respetado y querido por todos. Bueno, por casi todos, porque Alberto Pacheco y sus secuaces me seguían odiando a muerte.

La sensación de admiración que los compañeros sentían por mí me hacía experimentar emociones que pocas veces en mi vida había percibido. Era maravilloso, y no me gustaba nada la idea de dejarme perder contra mi próximo rival para que luego, tras hacer que quienes me respetaban perdieran su dinero, todos ellos se pusieran en mi contra. Podía mascarse una tragedia, y yo sería la oveja negra del reemplazo. ¿Qué demonios hago?, pensé en aquel momento. La elección era complicada. Si desobedecía a Pacheco, las consecuencias podían ser nefasta, y si le hacía caso toda la compañía se pondría en mi contra. Lo pasé tan mal y estuve tan indeciso que cuando comenzó la partida aún no había tomado una decisión.

Antes de arrancar el partido Alberto me metió en las duchas para hablar conmigo a solas. No quería que nadie escuchara lo que tenía que decirme.

—Ha llegado el día, Comemierda. Supongo que estarás preparado y no me fallarás.

—No lo haré —dije en voz baja.

—Así me gusta. Sabes que si me fallas lo pagarás muy caro, ¿verdad?

—Lo sé.

—Bien. El partido empieza en dos horas. Quiero que

comiences ganando pero sin machacar. Ves sacándole dos o tres puntos de diferencia, no más. Gana el primer set. A partir del segundo quiero que sea más igualado. Alterna la ventaja con él, que parezca que te supera por momentos. Pierde el segundo set. Y en el tercero haz que parezca que estás nervioso, pero mantén el tipo y no pierdas la partida hasta el final. Eso sí, asegúrate de no ganar. Prefiero que le dejes un margen de ventaja de dos o tres puntos durante todo el set a que vayas iguales y por un error suyo te lleves la victoria. ¿Entendido?

—Sí —contesté de forma escueta.

—Y ahora alegra esa cara que me vas a hacer ganar mucho dinero. Que la gente te vea con una sonrisa. Como se note que te pasa algo y caigan sospechas sobre mí, te corto el pescuezo. Dicho queda, Comemierda.

Llegó la hora de la verdad y yo seguía sin saber cómo enfocar el partido. Los nervios afloraban dentro de mí como una marea revuelta. Tuve que controlar aquella sensación para evitar que las cincuenta personas que esperaban a que arrancara el duelo se percatasen de mi estado. Mientras tanto Pacheco recaudaba el dinero de las últimas apuestas. Casi todos me daban por ganador.

Comenzamos peloteando unos minutos para calentar. Instantes después se lanzó la pelota sobre la mesa para jugarnos el saque inicial... tras varios golpes de raqueta mi rival falló. Yo empecé sacando.

Se habían jugado diez puntos y ganaba 7-3. Jesús Silva, mi contrincante, era bastante malo. Aquello me dificultaba mucho las cosas porque se podía notar demasiado que me dejaba perder.

Habíamos pactado jugar cada set a 15 puntos. Mi oponente acababa de fallar una nueva bola. El resultado era 12-9, y tenía que dejar que consiguiera al menos tres puntos más antes de terminar ese primer set.

Finalmente, tras cometer varios errores garrafales que despertaron la extrañeza entre los espectadores, conseguí terminar el primer juego ganando 15-12. Dentro de lo que cabe había conseguido disimular mi estrategia. Pacheco me miraba serio. Sabía que lo más complicado estaba por venir.

Iba a comenzar el segundo juego y yo seguía indeciso. El público coreaba mi nombre una y otra vez. Los compañeros se acercaban para darme ánimo y desearme suerte. «¡Tú puedes! ¡Eres el mejor! ¡Nuestro dinero está en tus manos!», gritaban una y otra vez, mientras yo apenas podía soportar la presión.

Se inició el segundo set sacando mi contrincante. Fallé el primer punto y un tremendo «¡ohhh!», invadió el barracón. Momentos después el resultado era de 3-5. Estaba perdiendo ante un rival muy inferior a mí. La gente no daba crédito y el silencio se apoderó del entorno. Todos dejaron de gritar esperando expectantes a ver cómo transcurría el encuentro.

Sólo tuvieron que pasar tres o cuatro minutos más para que la desesperación de aquellos que observaban el partido explotase. Si ganaba ese set terminaba la partida, si lo perdía iríamos al juego de desempate. Perdía 11-14. Sí Jesús me hacía un punto se llevaría el set.

Silva hizo un saque del revés con un efecto tan malo que la pelota se estrelló en la red. Volvió a sacar y esta vez sí colocó la bola en mi campo. Yo le di fuerte para errar mi lanzamiento... tuve tan mala suerte que la pelota toco en la pala de Jesús, lo que supone que el fallo es suyo. Íbamos 12-14. Todo estaba por decidirse y Pacheco empezaba a ponerse nervioso. Su mirada expresiva lo decía todo. Yo estaba acojonado.

Finalmente Silva consiguió anotar el punto que le faltaba y ganó el juego. Estábamos empatados a un set. Todo se decidiría en el tercer juego. La tensión se podía mascar en el ambiente. A la gente le chirriaban los dientes de los nervios, y yo cada vez estaba más preocupado. No sabía si dejarme ganar o no. ¿Qué era mejor, tener a Pacehco en contra o a todo el regimiento? No hallaba respuesta a la pregunta y la pelota estaba a punto de ponerse en juego. El último set iba a comenzar.

Procedimos a realizar el típico peloteo previo a un set y entonces lo tuve claro. Ya sabía qué hacer para salir de aquel lío. Mi mente había ingeniado una estrategia que podría salvarme de la furia de todas aquellas personas, aunque tampoco era seguro que me librara de las represalias de Pacheco, pero tenía que intentarlo. Era la única opción que me quedaba. Y lo hice... Fingí una torcedura de tobillo para excusarme y no continuar con el partido.

Mientras yo mostraba mi arte interpretatorio simulando un esguince, Alberto devolvía el dinero de las apuestas a los reclutas. Al estar el partido empatado y no poder terminarse, la apuesta quedó invalidada. Pensé que todo había salido bien, pero estaba equivocado. Aquello me trajo consecuencias nefastas. Alberto Pacheco estaba decidido a tomar represalias contra mi persona. El muy hijo de puta me hizo pasar las peores noches de mi vida.

Habían transcurrido dos días desde el partido, cuando comenzó el acoso por parte del malnacido que arruinó mi estancia en la mili. Recuerdo que me acababa de acostar en la cama una vez que el cabo de guardia había apagado las luces del barracón. Minutos más tarde se acercó Pacheco junto a varios de sus amigos. En ese instante supe que su venganza iba a producirse de forma inminente.

—Levántate ahora mismo de la cama y acompáñanos,

Comemierda —me llevaron a los lavabos de la compañía.

—¿Qué quieres, Pacheco? No me hagas nada, por favor —estaba aterrado.

—¡Qué te calles, coño!

—Yo me callo pero no me hagáis nada, te lo suplico.

—Me has hecho perder mucho dinero, ¿lo sabes?

—¿Y qué culpa tengo yo de lesionarme? —repliqué muy asustado.

—Me suda la polla tu lesión. ¿Me vas a dar tú todo el dinero que me has hecho perder?

—No has perdido nada —estaba a punto de cagarme de miedo.

—He dejado de ganar mucha pasta por tu culpa, ¿te parece que eso no es perder dinero?

—Lo siento mucho. No tengo la culpa de haberme lesionado —Pacheco no me dejó terminar la frase y me soltó un bofetón tremendo.

—Hasta nueva orden, vas a hacer lo que yo te diga. ¿Entendido?

—Vale.

—Bien. Como castigo dormirás cada noche en el suelo, justo debajo de la litera. No podrás usar almohada ni mantas.

—Pero... —la mano de Alberto se volvió a estampar en mi cara.

—¡Ni peros, ni hostias!, ¿entendido?

—Sí, sí... Lo que tú ordenes —la orina estaba a punto de impregnar mis calzoncillos.

—Y ahora vamos a tu taquilla, que te voy a requisar algunas cosas como adelanto al pago que tendrás que hacerme por todo el dinero que he perdido.

Aquella noche me dejaron la taquilla pelada. Me robaron hasta las latas de atún que guardaba en ella. El fin de semana tuve que decirles a mis padres que me habían arrestado y que no podía salir de permiso. El cabronazo de Pacheco me quitó todo el dinero y no pude comprar los billetes de tren. Lo pasé tan mal que caí en una leve depresión. Tuve que ser fuerte para remontar aquella situación.

Durante las siguientes ocho noches, dormí en el suelo. Alberto enviaba a los reclutas de su reemplazo que estaban de imaginaria[2] a que inspeccionaran mi barracón para ver si yo cumplía sus órdenes. A veces también les pedía que me despertaran y me hiciesen hacer flexiones o abdominales. Todo para tocarme los cojones y perturbar mi descanso. Él disfrutaba como una mala bestia al humillarme.

Después de vivir aquellas ocho jornadas insoportables donde tuve que comer suelo a la hora de dormir, pensé que todo se calmaría. Pacheco me había levantado el castigo.

---

[2]Es el nombre que reciben las guardias que se hacen por la noche dentro de la compañía. Los imaginarias son reclutas del mismo reemplazo que están encargados de supervisar el orden dentro del barracón.

Pero a las cuarenta y ocho horas volvió a cebarse conmigo.

Habíamos corrido diez largos kilómetros como cada mañana. La instrucción antes de la Jura de Bandera es muy dura. Y como solíamos hacer después de esta actividad, subíamos al barracón para quitarnos la ropa y bajar al patio desnudos, con la toalla, las chanclas y el champú. Una vez formados abajo, nos llevaban hasta las duchas públicas, donde cabían muchas más personas que en la que teníamos en la compañía. Allí nos daban 3 minutos para lavarnos. Nos hacían enjabonarnos mientras guardábamos cola fuera.

Aquel día, una vez que entré en el barracón para quitarme la ropa y bajar a las duchas, me encontré con una nueva putada. Fue algo tan desagradable que terminé vomitando.

Alberto me esperaba junto a mi taquilla. Con él había varios reclutas de su reemplazo. Se pusieron en fila y, uno a uno, empezaron a frotarme sus calzoncillos sudados por toda la cara. Cuando terminaron de hacerlo, Alberto agarró nuevamente su ropa interior y me la metió en la boca. Me obligó a masticar aquellos calzones llenos de mierda. Vomité tanto que apenas me quedaron fuerzas para bajar a formar al patio. Ellos salieron corriendo para no llegar tarde, pero yo sí que bajé unos minutos fuera del horario permitido. Me cayeron tres días de arresto en los cuales no pude salir del cuartel. Todas las tardes de seis a diez teníamos un pase para poder salir a dar una vuelta por la ciudad. Yo me pasé tres días arrestado.

La última putada gorda que recuerdo fue quizá la más guarra y asquerosa que me hicieron durante el servicio militar.

Los fines de semana sólo se quedaban en el cuartel los reclutas que tenían guardia y los que estaban arrestados. Los soldados que, como yo, estaban en el mes de instrucción, no hacían guardia. Eran los veteranos que habían jurado bandera los que las hacían. Y aquél fin de semana coincidió que yo me quedé arrestado y a Pacheco le tocó guardia. Os podéis imaginar la que me lió, ya que apenas quedan mandos en el cuartel y la libertad de movimiento era más grande.

Era la hora de la cena. Pasamos por la ventana de cocina y los soldados que están en ese departamento nos dieron nuestra bandeja con la ración correspondiente. Recuerdo que había sopa y sanjacobos.

Me senté en una de las mesas, y segundos después lo hicieron Alberto y sus compinches. Lo primero que pasó fue que el hijo de puta de Pacheco me escupió varias veces en la sopa. Luego invitó a sus amigos a que lo hicieran. El resultado final fue contemplar aquel caldo lleno de lapos verdes y espumilla de saliva. Sentí tanto asco que no podía comer... Mis agresores comenzaron a darme collejas y bofetones hasta me metí en la boca un par de cucharadas de sopa. Estuve a punto de echar la pota.

Para culminar aquella putada tan original, Pacheco se

puso encima del banco de la mesa y se dio la vuelta. En ese momento, se bajó el pantalón y apoyó su culo en mis sanjacobos. Soltó un tremendo y sonoro peo, impregnando mi comida de un olor tan asqueroso que comencé a llorar de la rabia.

Recibí bofetones, patadas, guantazos... pero yo resistí con entereza. Me negué a comerme aquello donde ese malnacido se había peído. Incluso, llegué a revelarme de forma instintiva y propiné un puñetazo a uno de los acompañantes de Alberto. Tras aquella agresión, los chicos se calmaron y se fueron de allí. No volvieron a molestarme más en los siguientes días. A la semana terminé la formación y me trasladaron a otro lugar de destino.

La noche en la que sucedió aquella última humillación fue la primera vez en mi vida que me di cuenta de algo vital. Y es que a estos matones, cuando les plantas cara, se acobardan o, al menos, te dejan en paz. Este tipo de persona busca siempre al más débil, por eso mi recomendación es que les plantes cara. Igual pierdes la pelea pero te ganas su respeto.

Tras recordar todas estas experiencias durante mi juventud en el servicio militar, llegó el momento de localizar a Pacheco y emprender mi camino hacia la venganza. Para ello me puse en contacto con Erko y Pablo, quienes en un par de días me facilitaron toda la información que buscaba. Esta nueva venganza también la ejecuté yo solo.

Alberto Pacheco residía en Rubí. Estaba casado y tenía dos hijas. Tras finalizar el servicio militar y volver a las calles de Barcelona decidió dar un vuelco a su vida, o al menos eso intuí cuando supe que llevaba un puñado de años trabajando como bombero. Ese malnacido ahora se dedicaba a salvar vidas. Era algo de locos. No entendía nada.

Para orquestar mi venganza decidí dar una vuelta por el parque de bomberos donde trabajaba mi objetivo. Quería verlo personalmente con ese uniforme rojo. No daba crédito. Aquello era inaudito.

Durante la noche previa al comienzo de la operación tuve un sueño extraño que se repetía una y otra vez. En él me veía inmerso en un bosque atormentado por las llamas. El fuego cada vez estaba más cerca y mi piel empezaba a quemarse. Sentía un dolor terrible y una angustia tremenda. Cuando mi piel estaba a punto de carbonizarse debido al fuego, aparecía Alberto Pacheco y me salvaba la vida.

Aquel sueño se repitió una y otra vez. Me desperté en cuatro ocasiones y siempre debido al mismo sueño. Fue horrible y extraño, muy extraño. ¿Sería un presagio de algo? Pensé por la mañana al levantarme.

Después de desayunar me marché de casa dirección Rubí. A la media hora estaba aparcando mi coche a cincuenta metros del parque de bomberos. Si tenía suerte podría ver a Pacheco de uniforme. Aquello era tan surrealista que todavía no me lo podía creer.

Me acerqué caminando hasta mi lugar de destino. Una vez allí, pasé un rato observando a los bomberos que había en la puerta, pero ninguno era Pacheco, así que me acerqué hasta ellos y les pregunté si estaba Alberto. Sus compañeros me dijeron que éste trabajaba en el segundo turno, y que hasta más tarde no se incorporaba.

Mi decisión de haber preguntado por mi objetivo me podía traer nefastas consecuencias si actuaba en breve contra él, ya que aquellos bomberos podrían identificarme en el caso de que le pasara algo y la policía investigara el tema. Tenía que pensar alguna manera de vengarme sin levantar demasiadas sospechas o, por lo menos, sin que asociaran la venganza al tipo que fue a preguntar por él a su puesto de trabajo.

Volví por la tarde al parque de bomberos, y allí estaba el hijo de puta de Pacheco. Me acerqué unos metros para poder observarlo mejor. Sus compañeros del primer turno ya se habían marchado, por lo que nadie sabía que estuve preguntando por él aquella mañana. Quería llevar el tema con la máxima discreción posible.

Habían pasado dos minutos y estaba a escasos veinte metros de mi objetivo cuando éste se percató de mi presencia y se acercó hasta mí. En ese momento me vinieron a la cabeza todas las tropelías que me había hecho el muy cerdo durante el servicio militar. No me dio tiempo a recordarlas en profundidad porque nada más llegar a mi posición Pacheco inició una conversación que me dejó descolocado. Desmontó todos mis planes en tres minutos. Fue asombroso.

—¡Ostras! Tú eres Luis Doblado, ¿verdad? —me dijo sorprendido.

—Sí. Soy yo —Era absurdo negar la evidencia.

—Llevo muchos años buscándote... y ahora te encuentro aquí. ¡Qué fuerte!

—¿Para qué me buscabas? —no entendía nada.

—Quería pedirte perdón por todo el daño que te hice en la mili. En aquella época era mala persona y no tenía conciencia del sufrimiento que mis acciones causaban en los demás. Llevo años arrepintiéndome día tras día de todo lo que te hice pasar. Me porté como un auténtico hijo de puta. Te pido disculpas por todo.

—La verdad es que no qué decir. Yo venía a... —me quedé sin palabras, y casi se me escapa decirle que estaba allí para vengarme de él.

—¿A qué venías? —me preguntó.

—A ver a un amigo... y mira por donde te encontré a ti —dije lo primero que se me ocurrió.

—Mira, Luis, yo sé que durante mi juventud me porté muy mal con mucha gente, pero desde hace años estoy intentando buscar a aquellas personas a las que humillé para pedirles perdón. De hecho, a los dos años de dejar la mili mi vida cambió para bien. Decidí ser bombero para salvar personas, y me inicié en el tema del budismo para aprender a ser mejor y más justo conmigo y con los demás. Desde entonces dedico mi vida a ayudar a la gente. Te digo todo esto para que sepas que te pido perdón de todo corazón. Mi arrepentimiento es totalmente sincero.

—No sé qué decir, Pacheco. La verdad es que jamás me imaginé tener una conversación como esta, contigo. Tengo que irme... —me marché de allí sin despedirme de Alberto.

Aquella conversación me dejó tocado. No entendía absolutamente nada. ¿Realmente una persona es capaz de cambiar su actitud de una forma tan radical? Este tipo había pasado de ser un maltratador y delincuente a convertirse en una persona que dedica su vida a ayudar a los demás. Esta transformación me tenía asombrado. No sabía qué hacer. ¿Debía vengarme de Pacheco? Y en el caso de que lo hiciera, ¿qué dosis de violencia debería emplear contra él? Estaba hecho un auténtico lío. En unas horas tenía que tomar una decisión. Apenas me quedaba tiempo de vida y aún debía tomar venganza de otros miserables.

Medité profundamente mi decisión antes de aceptarla. Y finalmente decidí no vengarme de Alberto.

Aquella vez fue la primera en toda mi vida que me di

cuenta que la gente puede cambiar. El caso de Pacheco es un claro ejemplo. Aunque no le perdoné la vida solamente por haber cambiado, también tuve en cuenta otras cuestiones como su profesión. El tipo había demostrado con creces que su arrepentimiento era verdadero, y para purgar sus malas acciones se dedicaba a ayudar a la gente. Por lo tanto, decidí perdonarlo y continuar con mi venganza fijando un nuevo objetivo. Pacheco se libró de mi furia.

CAPÍTULO 7

Santa, el amor de mi vida

Era el momento de comenzar a orquestar mi próxima venganza. Sin duda, el personaje al cual tenía que enfrentarme en mi siguiente operación era al que más odiaba con mucha diferencia. Tenía claro que lo iba a machacar de tal forma que el resto de venganzas habrían sido simples bromas sin importancia. Este maldito hijo de puta apodado Brujo me hizo pasar los peores momentos de mi vida. Ahora entenderéis el porqué, y me daréis la razón.

Cuando apenas me faltaban unas semanas para licenciarme en el ejército, comencé un romance amoroso con una chica de mi barrio que se llama Santa. Esta mujer se convirtió en mi primer amor verdadero. Actualmente, y a pesar de que hace 18 años que no sé nada de ella, sigo sintiéndola igual. Estoy tan enamorado como el primer día. La cuestión es que Santa tiene mucho que ver en toda esta secuencia que padecí con el Brujo y sus colegas durante casi dos años.

Mi historia de amor fue de película, aunque nos enfadamos en muchas ocasiones. Pero claro, hay que tener en cuenta que éramos muy jóvenes. Estoy convencido de que a día de hoy las discusiones serían mucho menos frecuentes. Además, hay un refrán que dice «Los que se pelean se desean». Y nosotros nos amábamos con locura. Jamás he sentido nada parecido por otra persona, y eso que he tenido varias relaciones serias. Sin duda, Santa ha sido, es y será, la mujer de mi vida; a pesar de que llevemos casi veinte años sin saber el uno del otro.

Recuerdo aquellas tardes y noches en la granja, donde nos besábamos en el interior de mi viejo coche. Sus labios me sabían a gloria, y sus caricias me ponían la piel de gallina. Nunca un abrazo me ha hecho sentir cosas tan mágicas como los que me daba Santa. ¡Increíble! ¡Qué recuerdos!

Sé que me queda muy poco de vida y que seguramente jamás volveré a verla, pero si el destino me diera la oportunidad de hacerlo dedicaría todo ese tiempo a besarla, acariciarla y darle unos abrazos inolvidables. Es tanto el amor que siento por ella que el sexo en plan vicio pasa a un segundo plano. No es como con otras parejas o amigas que he tenido con las cuales sólo me apetecía follar y follar. Con mi amor verdadero me apetece además hacer otras cosas como os he contado. También dedicaría mi tiempo con ella a pasear de la mano junto a una puesta de sol. ¡Madre mía! ¡Viva el amor verdadero! Por cierto, se me olvidó decir que el Brujo y sus colegas llegaron a acosar a mi novia, por eso les tengo tanto odio y mi venganza será terrible.

En aquella época estaba de moda la música *mákina*. Santa y yo nos metimos de lleno en la fiesta, aunque no consumíamos drogas. Fuimos de los pocos chavales que disfrutamos en las discotecas del momento de una forma más sana que el resto. Eso sí, nuestros cubatas no podían faltar, pero aparte de esto no tonteamos con otras sustancias más tóxicas.

Frecuentamos salas como Forum, Pont Aeri, Nau B-3, Scorpia, Concor, Level y muchas otras. Vivimos noches inolvidables en las cuales sentimos además de nuestro amor el orgasmo del *makineo* en estado puro. Hasta una noche en la cual comenzaron los problemas debido al Brujo. Por cierto, este tipejo era muy conocido dentro del ambiente fiestero. Todo el mundo le temía porque era un delincuente que se dedicaba a robar y pegar a todo aquél que le venía en gana.

El Brujo era —ahora no lo sé— un tipo muy inteligente que se escudaba en pardillos que se acercaban a él en busca de protagonismo y notoriedad. Lo que hacía era atracar a la gente de una forma sencilla y meditada. Él sólo ponía su imagen, y quien te entraba para quitarte el dinero era su acompañante de turno. De esta forma, cuando había una denuncia o juicio, la víctima declaraba que la persona que le robó y le extorsionó fue el compañero de turno, ya que el Brujo casi nunca abría la boca. Así el que terminaba en prisión o se llevaba la peor parte en el juicio era el otro. El hijo de puta utilizaba a sus "amigos", los cuales cambiaban cada pocos meses. Unos terminaban presos y otros se separaban de él tras recibir represalias por parte de algunas víctimas. En definitiva, el hijo de puta éste lo tenía muy bien montado.

La primera experiencia que nos tocó vivir con el Brujo a mi novia y a mí fue en la discoteca Pont Aeri. Recuerdo que salimos fuera para dar una vuelta y al llegar a una esquina nos encontramos de cara con dos personas: una era el Brujo y la otra un tal Gonzalo. El destino nos tenía deparada una experiencia terrible.

Recibí un tremendo puñetazo por parte de Gonzalo, y acto seguido éste señaló a mi novia y dijo: «Es muy guapa, no vayamos a joderla y dame tu cartera». Sin pensarlo dos veces le entregué lo que me había pedido. Estaba temblando y muerto de miedo, sobre todo por si le hacían algo a Santa. Sobre el Brujo había escuchado tantas cosas que el terror me abrazaba de una forma brutal.

Tras mirar lo que había en el interior de mi cartera, Gonzalo sacó la tarjeta de crédito y me dijo que fuese al cajero para extraer diez mil pesetas. Entonces, se levantó la chaqueta y me enseñó una pistola. La verdad es que aquello me dejó indiferente; sabía que no nos dispararía porque ellos siempre buscan el dinero, no matar a la gente. Cuando quieren divertirse pegando a alguien se van a por otro tipo de personas y siempre lo hacen en grupos más grandes.

Fuimos los cuatro caminando hasta el cajero más cercano y allí tuve que sacar diez talegos. Les di el dinero, y antes de marcharse, Gonzalo me dijo algo que me dejó perplejo. Se notaba que tenían estudiado al dedillo esto de los robos: «Si nos denuncias nos caerán seis meses de cárcel y cuando salgamos iremos a por ti. Además, sabes que en nuestro grupo hay mucha gente y siempre quedan algunos libres. Si nos denuncias ellos irán a por tu novia y a por ti. Tú mismo».

Al escuchar aquella amenaza supe que si denunciaba tendría problemas. De todos modos decidí hablar con mi novia sobre lo acaecido. Nos fuimos al coche y allí, abrazados y acongojados por lo que acabábamos de vivir, nos pusimos a llorar mientras meditamos si denunciar o no. A día de hoy lo habría tenido claro: denuncio o les rebano el cuello con un hacha. En aquella época era un pardillo que se dejaba intimidar con facilidad, aunque la experiencia también invitaba a ello.

Tomamos la decisión de no denunciar el atraco. Nos marchamos a casa y estuvimos tres o cuatro días sin vernos ni llamarnos. La situación vivida nos había marcado de forma profunda.

Cuando volvimos a quedar ya no éramos los mismos. Nuestra relación parecía más fría, pero el amor que sentíamos el uno por el otro era tan fuerte y puro que con el paso de las semanas conseguimos remontar aquella tragedia. Seguía siendo muy feliz a su lado, y ni siquiera aquellos hijos de puta habían podido separarme de ella. Tenemos que tener en cuenta que en situaciones de este tipo se rompen muchas parejas, pero la nuestra continuó viva. Aunque meses después una experiencia mucho más horrible volvió a ceñirse sobre nosotros. Los protagonistas fuimos otra vez los cuatro: Brujo, Gonzalo, Santa y yo. Aunque en esta ocasión se sumó más gente. Sufrimos tal acoso y humillación que nuestro amor se vio truncado.

Había cerrado la discoteca Level 0, en Tarragona, y nos acercamos hasta el parking para coger el coche. No teníamos ni idea de lo que íbamos a vivir. Tuvimos tan mala suerte que justo delante nuestro había aparcado el vehículo de Roberto, un colega del Brujo. Allí estaban ellos, esperando a que llegara el propietario del coche que había detrás. Cuando nos vieron se frotaron las manos a la vez que se inició una conversación que hacía presagiar un final lamentable para nosotros.

—¡Mirad, tíos! Este personaje es Luis —dijo el Brujo con una sonrisa, mientras yo intentaba abrir la puerta del coche.

—¿Podéis apartar el coche? Queremos salir de aquí —tenía la voz temblorosa.

—Pues va a ser que no. Además, vamos a jugar a algo muy divertido.

—¿A qué quieres jugar, Brujo?

—Vuestro coche está pegando casi al muro que separa la playa del parking, ¿verdad?

—Efectivamente.

—Y delante está nuestro coche, ¿no?

—Sí. Pero no te entiendo —exclamé confuso.

—Tienes que sacar tu coche del parking sin tocar el nuestro.

—Eso es imposible, apenas tengo espacio por delante y por detrás.

—Claro, eso lo hace más emocionante. Siempre que venimos a Level terminamos la noche con este juego. Es todo un clásico.

—Tendría que destrozar la parte trasera de mi vehículo para poder salir de aquí —dije exaltado y muy nervioso.

—En esta ocasión lo haremos más divertido ya que nos conocemos de otras ocasiones —el Brujo agarró a mi novia del brazo y la puso en medio de sus colegas.

—¡Suéltala, hijo de puta! —estaba hecho una furia.

El brujo y sus amigos saltaron sobre mí y empezaron a

propinarme patadas y puñetazos. Me dejaron la cara hecha un mapa y las costillas destrozadas. Recuerdo que yacía tumbado en la arena del parking y apenas podía respirar. Pensé que me habían roto alguna costilla y que aquello fue lo peor que me había pasado jamás, pero me equivocaba, porque lo más terrible llegó a continuación.

Los siete u ocho presentes agarraron a Santa y comenzaron a abusar de ella sobándola por todas partes y refregándose por todo su cuerpo. No llegaron a violarla pero por lo demás la sometieron a todo tipo de humillaciones y abusos. Incluso la obligaron a meter su mano en el interior del pantalón de varios de ellos. Mientras tanto, yo permanecía en suelo sin fuerzas para moverme. Lloraba desesperado mientras aquellos hijos de puta se divertían magreando al amor de mi vida. «¡Os mataré!», gritaba sin apenas fuerza.

Todo terminó minutos más tarde cuando varias patrullas de policía se personaron en el lugar. Al parecer algunas personas que presenciaron lo sucedido llamaron a los agentes para que detuvieran aquello. A mí me llevaron al hospital y a Santa vino a buscarla su padre. Así fue como terminó la noche más horrible de toda mi vida. El hecho de presenciar como abusan de la que es el amor de tu vida y no poder hacer nada es la sensación más horrible que un ser humano puede sentir.

La situación vivida en Level nos supuso un tremendo

trauma a ambos. Yo pasé casi un año sin salir de casa, y mi querida Santa más o menos el mismo tiempo.

Durante las primeras semanas nos fuimos llamando por teléfono, pero sin llegar a vernos. Pasado ese tiempo la relación se enfrió y dejamos de tener contacto. Supongo que, para desprendernos del trauma generado en aquél parking, necesitábamos alejarnos el uno del otro, ya que estar juntos o vernos nos recordaba mucho lo vivido allí.

Así fue como me alejé del amor de mi vida, y desde entonces han pasado 18 años. No he vuelto a saber nada de ella, aunque la quiero tanto o más que antes. Es el amor de mi vida y eso no cambiará ni siquiera cuando la maldita enfermedad termine conmigo, que por cierto, será en breve, según me dijo el doctor.

Después de esta relación tuve otras, entre ellas recuerdo la que vino después de Santa. La chica se llama Inma, y por entonces era guapísima —ahora no lo sé, perdimos el contacto— y muy simpática. Me supo fatal que tuviera que vivir en primera persona una noche marcada por la maldad del Brujo, quien se cebó con ambos.

La última vez que tuve problemas con este hijo de puta fue hace unos 16 años en la discoteca Scorpia. A la salida, una vez que cerró la sala, nos lo encontramos en el parking, como siempre. Al verme se acercó a mí y sin mediar palabra me soltó un bofetón con la mano abierta. Segundos después, una vez que mi novia había empezado a llorar, me dijo que le diera el dinero que llevaba y la tarjeta de crédito. Lógicamente me pidió el número secreto. Para evitar que denunciara el robo, nos quitó el DNI a ambos, advirtiéndonos de que si poníamos denuncia nos iría a buscar a casa para vengarse de nosotros. Incluso nos amenazó con hacerle algo a nuestros seres queridos. El hijo de puta era un extorsionador de la hostia.

Con Inma apenas duré saliendo cuatro meses. La llama de la pasión se fue esfumando de forma rápida hasta que decidimos dejar de vernos. Desde ese momento nunca más supe de ella.

La hora de comenzar una nueva venganza estaba cerca. El Brujo y algunos de sus secuaces iban a ser las próximas víctimas. Al que había perdonado de todo corazón era a Gonzalo. La historia que hay detrás de este acto de compasión es muy emotiva. La voy a contar.

Cinco años después de haber sido humillado por el Brujo y su compinche Gonzalo, me topé de lleno con éste último en una discoteca. Era domingo por la noche y estaba allí con unos amigos. En aquella época el trauma que sufría por las situaciones vividas por estos cabrones había desaparecido casi por completo. Y también mi miedo hacia ellos.

Caminaba por la pista de baile tras haber ido al lavabo, y fue entonces cuando me encontré de cara con Gonzalo. En ese momento se inició una conversación que terminó con un final inesperado.

—Hola. ¿No te acuerdas de mí? —dije en tono desafiante.

—Hola Luis. ¿Cómo estás? —Gonzalo extendió su mano para saludarme.

—¿No recuerdas todo lo que me hiciste? —pregunté más desafiante todavía.

—Sí, lo recuerdo. Fueron unos años de los cuales no me siento orgulloso. Es muy fácil entrar en ese ambiente pero salir es muy complicado. Lo pasé francamente mal —Vi al chico muy afectado y realmente arrepentido.

—Te perdono —le di la mano y una leve palmada en su espalda.

—Muchas gracias —su mirada transmitía sinceridad.

Ese día perdoné de todo corazón a Gonzalo. Sabía que el Brujo lo había utilizado para su beneficio. Aunque por otro lado tampoco puedo negar la evidencia de que él había sido mala persona, porque uno no actúan como lo había hecho él si no quiere. De todos modos, lo perdoné porque vi arrepentimiento en sus ojos.

Al llegar a casa dormí del tirón, como un niño chico. El haber perdonado a este tipo me hizo sentirme bien, aunque no fue nada comparado con la sensación que noté hace unos días cuando mostré mi compasión por el bombero.

Debía pensar en la forma de vengarme del Brujo. A éste descerebrado no lo salvaba ni dios de que toda mi furia cayera sobre él. Lo iba a destrozar vivo. La sangre me hervía por momentos cada vez que pensaba en él. El hijo de la gran puta me las iba a pagar con creces.

Sabía que mi objetivo vivía en la misma calle que antes, aunque había cambiado de residencia. Las cosas parecían irle muy bien porque la casa que compartía con su mujer y su hija era una de las más bonitas del barrio, a pesar de no ser muy grande.

Con estos datos debía arreglármelas para montar una estrategia eficaz que me sirviera para ejecutar un plan de acción contra este tipejo. Pasé varias horas reflexionando junto a la ventana, acompañado de una botella de coñac.

Tuve dudas sobre qué método utilizar para cometer mi propósito. Finalmente llegué a la conclusión de que lo mejor sería utilizar a su mujer e hija para extremar el sufrimiento del Brujo. Quería hacer algo diferente a lo que le hice a Juanjo en aquella cabaña del monte. Así que analicé la situación y me decanté por algo tan cruel que ni siquiera a la mente psicópata más perversa se le habría ocurrido jamás. El hijo de perra éste lo iba a pasar tan mal, que si es cierto que existe la reencarnación jamás, volvería a humillar a nadie en el resto de sus existencias.

Entré en mi habitación y agarré la mochila. En ella metí varias cosas que me servirían para ejecutar la venganza. Después acudí a una tienda de todo a cien para comprar algunos detalles que me faltaban, y por último, guardé bajo mi chaquetón la enorme llave inglesa que tenía en el coche. Ese día hacía calor para ir abrigado pero necesitaba ocultar la llave.

Aparqué mi coche a cuatro calles de la casa de mi víctima. Me acerqué caminando y me situé justo en el bar que hay en la esquina. Con la excusa de fumar mientras tomaba algo me pasé todo el tiempo en la puerta, desde donde observaba perfectamente la casa donde vivía el Brujo. Sobre las seis de la tarde vi como una mujer con su niña entraban en el interior. «¡Ya hay dos pájaros en el nido!», exclamé interiormente. Sólo faltaba uno más y el tridente al completo estaría en la vivienda.

Me tomé otras dos cañas antes de que llegara mi objetivo, y fue entonces cuando me acerqué hasta la casa. El Brujo hacía apenas unos segundos que estaba dentro. Llamé al timbre y me abrió la puerta el cabeza de familia. Le propiné un tremendo golpe con la llave inglesa; el hombre cayó al suelo inconsciente. Al fin el Brujo estaba a mi merced. Lo empujé hasta el interior de la vivienda y entonces saqué una pistola. A los tres o cuatro segundos, madre e hija estaban frente a mí. Apunté a la niña y le dije a la madre que se diera la vuelta. Al girarse la golpeé con el arma para que cayera al suelo. Su hija, de apenas siete u ochos años gritaba desesperada. Tuve que cogerla y atarla de pies y manos. Tapé su boca con un trapo que había en la mesa y con precinto que llevaba en mi mochila.

El siguiente paso fue atar al Brujo en el sillón del salón. A su mujer la puse también atada en una silla, frente a él.

Todo estaba saliendo perfecto. Mi venganza estaba a punto de culminarse. Iba a ser tan terrible que esa sensación de poder me ponía eufórico. Entonces, la mujer recobró el sentido.

—¿Quién eres? ¿Qué quieres de nosotros?

—Soy un viejo amigo de tu marido al que éste le arruinó la vida —contesté con suavidad.

—Mi hija no tiene culpa de las cosas que haya hecho su padre. Por favor, deja que se vaya.

—Mi novia tampoco tenía culpa alguna de que tu esposo la tomara conmigo, pero aun así, la humilló, maltrató y abusó de ella.

—Lamento mucho que hayas tenido que sufrir tanto por culpa de mi hombre, pero insisto: nosotras no tenemos la culpa.

—Cierto, no tenéis la culpa. Pero gracias al cariño que él procesa por vosotras podré vengarme como Dios manda. Lo voy a hacer sufrir tanto que llorará sangre antes de morir —estaba dispuesto a ejecutar mi plan.

Tapé la boca de la mujer y me fui a la cocina en busca de un cacharro donde poner agua fría. Segundos después lo volqué sobre la cabeza del Brujo. Al instante comenzó a recobrar la conciencia. Acto seguido intentó gritar con todas sus fuerzas a la vez que luchaba por desatarse, aunque no le sirvió de nada. Le di un bofetón y procedí a quitarle la mordaza para hablar con él.

—Aquí tenemos al hijo de la gran puta del Brujo. ¿Te acuerdas de mí?

—Sí. Tú eres Luis Doblado. ¿Qué cojones quieres? Te mataré cuando salga de ésta —estaba rabioso y muy alterado.

—No lo dudo que sería así en el caso de que salieras de ésta, pero el problema es que no saldrás —repliqué con el tono de voz calmado.

—Luis, ¡no me jodas! —mi calma a la hora de hablar lo dejó impactado. Supo que la cosa iba en serio.

—Imagino que recuerdas todas las perrerías y los abusos que cometiste contra mis novias y contra mí mismo. Pues ha llegado el momento de que pagues por todo.

—Te pido disculpas. Haz conmigo lo que quieras pero

por favor, suelta a mi mujer e hija, que ellas no tienen la culpa de nada —me suplicaba como un bellaco.

—¿Y Santa y mi otra novia tenían culpa de algo?

—De aquello hace mucho tiempo. Te suplico que las dejes marchar —volví a ponerle la mordaza en la boca.

—Mira, hijo de puta, te voy a contar mi plan de venganza contra ti: Primero voy a matar a tu mujer en presencia de tu hija y la tuya. Con esto quiero haceros sufrir a los dos y provocar un trauma de por vida en tu hija, para que sufra mucho, ya que su sufrimiento será el tuyo. Después, procederé a matarte a ti delante de la niña para que el trauma sea todavía mayor. Entonces, tras haberos matado a los dos, la niña quedará huérfana y los servicios sociales la trasladarán a una casa de acogida donde le esperará un futuro gris y triste. Vas a sufrir como una mala bestia.

Me acerqué hasta la mujer y rajé su cara con mi cuchillo. La sangre salpicó todo el suelo del salón, llegando a impregnar su ropa y la mía. Acto seguido me puse detrás de ella y agarrándola del pelo, levanté su cabeza. El Brujo disfrutaba de una panorámica inmejorable, desde su posición veía de frente el cuello de su mujer... Segundos después coloqué el cuchillo sobre su garganta y rebané su pescuezo. El suelo se encharcó de sangre. La niña y el padre lloraban desesperados. Mi sensación de poder y control me produjeron un tremendo orgasmo. Me corrí en los pantalones. ¡Qué gustazo!

Dejé que pasaran varios minutos para que el Brujo sufriera profundamente. A la media hora me acerqué a él y le comenté al oído que en unos minutos dejaría a su hija huérfana del todo.

Fui a la cocina y me serví una copa de vino que tomé mientras limpiaba la sangre del cuchillo. Ingerí una pastilla para el dolor de cabeza y procedí con mi ejecución. Para ello senté a la niña frente al padre, a escasos dos metros de distancia, y le dije a la chiquilla que estuviera atenta a lo que iba a hacer a continuación con su papá. El Brujo lloraba desesperado. La mordaza que llevaba en la boca estaba tan empapada que la saliva y las lágrimas se deslizaban por su barbilla, llegando a gotear sobre el suelo.

Cogí el cuchillo con mi mano derecha y me puse a un lado de la víctima; quería que la niña presenciara la tortura previa a la muerte. Corté un dedo de su padre y luego se lo metí en la boca.

A los dos o tres minutos de haber empezado la tortura al Brujo ya le faltaban cuatro dedos y una oreja. La niña lloró tanto que se quedó sin lágrimas. El padre estaba a punto de perder el conocimiento, así que procedí a clavar el cuchillo una y otra vez en su cuello hasta que éste murió desangrado. La niña se desmayó al contemplar aquella terrible escena.

Mi nueva venganza había sido todo un éxito. Pero lo más sorprendente es que una vez más había disfrutado mucho con el sufrimiento ajeno, hasta tal punto que llegué a correrme de gusto en un momento determinado. Me había convertido en un auténtico demente. Menos mal que me quedaban pocos días de vida, que si no, sería un gran peligro para esta sociedad. Ya no podía prescindir del orgasmo tan placentero que me otorgaba el hecho de matar y torturar a otras personas.

Tan sólo me faltaba darle un escarmiento a algunos de los secuaces que acompañaron al Brujo en sus tropelías contra mi persona. Para ello decidí visitar un viejo bar del barrio donde se juntaban cada día. Según me constaba, algunos seguían acudiendo a él para tomar su birras y planear sus fechorías.

Decidí visitar el bar aquella misma noche. Me acerqué hasta el lugar a eso de las diez y media, hora en la que estos salvajes solían estar allí.

Miré desde fuera y vi que en el interior se encontraban Jesús, Óscar, Roberto y Guzmán. Decidí esperar a que salieran del garito para atacarles. Sí, efectivamente, decidí enfrentarme a ellos yo solo. Me sentía poderoso e invencible, y creo que no era para menos. Había matado y torturado a varias personas, y eso me había hecho perder el miedo ante situaciones extremas o peligrosas. No tenía duda de que sería un buen mercenario de guerra.

A las doce de la noche, una vez que cerró el bar, los cuatro individuos salieron del garito y se dirigieron hasta el callejón de atrás; lugar que solían frecuentar cuando querían fumarse un porro o meterse una raya de coca.

Seguí con discreción a mis objetivos, y una vez que se encontraba en el interior de la callejuela, procedí a entrar. En mi espalda escondía la pistola con que pretendía intimidar a estos malnacidos. Al plantarme delante de ellos, me presenté.

—Buenas noches tengan ustedes —dije en plan irónico.

—¿Tú quién coño eres?

—¿Seguro que no me conocéis?

—¡Hostias! Es Luis Doblado —exclamó uno de ellos.

—Efectivamente, soy yo —en ese momento todos me reconocieron.

—¿Has venido a que te demos una paliza? —los cuatro comenzaron a reír.

—No. He venido a mataros —respondí con firmeza.

—Lárgate antes de que te demos una paliza, anda —dijo uno de ellos.

En ese momento saqué la pistola y le pegué un tiro en la cabeza al que me había desafiado. El resto de los presentes se quedaron mudos. No eran capaces de articular palabra.

Entonces, disparé al segundo en todo el corazón. Los dos que quedaban vivos se pusieron de rodillas suplicando clemencia. Apunté al tercero a la cabeza y le volé la tapa de los sesos. Al último que quedaba le metí la pistola en la boca y apreté el gatillo.

Aquella noche me corrí de gusto por segunda vez. Estaba confirmado, me había convertido en un psicópata de pies a cabeza. La sangre me producía un placer muy superior al que me provocaba el sexo. ¿Matar o follar? Lo tenía claro, prefería matar.

En breve iba a suceder algo que lo cambiaría todo... Yo lo ignoraba por completo.

CAPÍTULO 8
En la cama del hospital

Tras la tensión vivida aquella tarde, necesitaba descansar. Mis fuerzas a nivel físico y mental se habían visto mermadas después de haber matado a seis personas en tan sólo unas horas. Me había expuesto a un alto nivel de estrés, pero había valido la pena. Me sentía cansado, sí, pero también muy feliz.

Llegué a casa sobre la una y media de la madrugada, me puse una gran copa de coñac con hielo y me senté a ver la televisión. No tardé demasiado en quedarme dormido en el sofá. La verdad es que me sentía muy cómodo. Supongo que esa sensación venía precedida por mi cansancio, ya que los cojines donde estaba postrado tampoco eran una maravilla.

Como ya me ocurriera semanas atrás, tuve un sueño muy extraño, aunque en esta ocasión la policía no tuvo protagonismo. Lo que viví aconteció en un escenario totalmente diferente.

La primera escena que contemplé sucedió en una habitación de hospital. Yo estaba tumbado en la cama; supuse que estaba enfermo, seguramente debido a mi enfermedad terminal. Recuerdo que los médicos me rodeaban a la vez que una mujer con bata blanca me sujetaba la mano. No conseguí ver el rosto de aquella persona, pero sí que me transmitía mucho cariño, por lo que pensé que sería mi madre.

Los doctores hablaban entre ellos en voz baja hasta que uno me señaló con el dedo y comenzó a hablarme.

—Tenemos que volver a operarle, pero aun así no podemos prometerle nada. Lo más probable es que la intervención no sirva para nada.

—Si no sirve de nada, ¿por qué van a operarme? —repliqué extrañado.

—Porque usted nos dijo que lo operáramos. ¿No lo recuerda? Le expliqué que había un 5% de posibilidades de que dicha intervención sirviera para mejorar su estado.

—No recuerdo nada. Pero si hay alguna posibilidad, adelante. No pierdan ni un segundo.

—De acuerdo. En unos minutos vendrá la enfermera para que firme la autorización. Esta tarde realizaremos la intervención. Ahora descanse.

La siguiente escena que presencié tuvo lugar en la misma

habitación y con algunos de los protagonistas anteriores. Me encontraba junto al doctor que habló conmigo, y también estaba la misteriosa mujer que, nuevamente, agarraba mi mano con dulzura.

El médico se acercó lentamente hasta mí y me dijo que ya tenía los resultados de la operación. En ese momento comencé a sudar por los nervios. La chica que no conseguía identificar me apretó la mano y me dio un beso en la mejilla. En ese instante me giré con la intención de ver su cara pero todo estaba borroso. Fue entonces cuando se inició una nueva conversación entre el doctor y yo.

—Señor Doblado, tengo noticias para usted.

—Dígame, doctor.

—Lamento comunicarle que la operación que le hemos realizado no ha servido de nada. Su problema continúa igual que antes, y temo decirle que no tiene solución. Deberá tomar conciencia de ello lo antes posible.

—¡No me diga eso! ¿No se puede hacer nada...? —comencé a llorar.

—Lo siento, hemos hecho todo lo que estaba en nuestra mano.

En ese momento me desperté. Me encontraba tumbado en el sofá de casa. El sudor había empapado mi camiseta, llegando a impregnar el cojín que tenía debajo de mi cabeza.

Me senté unos minutos con la intención de calmarme. El corazón me iba a mil. Lo estaba pasando francamente mal.

Después de analizar el sueño, llegué a la conclusión de que aquello fue un reflejo de mi subconsciente que intentaba por todos los medios luchar contra mi enfermedad.

Aquella noche apenas pude conciliar el sueño. Al día siguiente me quedé en casa descansando y durmiendo a ratos. Necesitaba reponer fuerza física y mental.

Durante toda la jornada de relax me invadió el deseo de volver a matar. La sangre y el sufrimiento ajenos, se habían convertido en una droga para mí. No sabía cuándo comenzó a despertarse esa sensación adictiva en mi interior, pero era consciente de que ya no podía librarme de ella. Me había convertido en un monstruo dispuesto a matar hasta el fin de mis días. En ese momento supe que la última venganza que me quedaba por ejecutar ya no tenía importancia. La maldad se apoderó de mí y ya no me importaba quién fuese la víctima. Sólo deseaba hacer sufrir a otros y terminar con sus vidas. «¡Tengo que volver a correrme de gusto!», me decía una y otra vez mientras descansaba en el sofá.

Por la tarde me propuse un reto: buscar personas al azar para calmar mi sed de sangre. Y así fue como decidí crear unos perfiles simples para seleccionar a las víctimas.

El primer objetivo tendría que ser un hombre de mediana

edad y con el pelo castaño. Además, éste tendría que estar en un parque paseando a su perro. A partir de aquí, y una vez hallara a un tipo que cumpliera con los requisitos, debería improvisar la forma de matarlo. El juego había comenzado, y mi polla estaba tan tiesa que me apenas me llegaba sangre a otra parte del cuerpo.

Aquella noche me masturbé una y otra vez pero no conseguí llegar al orgasmo. Sólo me excitaba la sangre.

Al día siguiente esperé a que oscureciera y bajé al parque de Vallparadís. Era el lugar perfecto porque la gente suele ir a pasear a sus perros. Seguro que encontraría a alguien en una zona que no estuviera transitada.

Como ya era habitual, cargué mi mochila con varios utensilios que consideraba podían servirme de ayuda. La pistola no podía faltar; como recurso era perfecto, ya que sólo necesitaba apretar el gatillo para terminar con la vida de alguien.

Salí de casa y me monté en el coche. Media hora después estaba aparcando el vehículo en una calle cercana al parque. Me bajé y fui caminando hasta el lugar de destino. Descendí por la escalera que hay en una zona lateral y paseé unos minutos por allí. La verdad es que apenas había gente. De repente, ante mí apareció un hombre moreno y de mediana edad que paseaba con su perro. No entiendo mucho de razas de canes, pero el bicho que llevaba parecía un pequinés.

Dejé que el hombre pasara por mi lado y continué andando. A los veinte metros me detuve y al girarme postré la mirada en mi objetivo. El tío se había sentado en un banco mientras el perro jugaba por allí. Entonces observé detenidamente el entorno para ver si había alguien más. Estábamos solos. Era el momento ideal para comenzar a jugar. Me acerqué, y en plan amistoso, me puse a hablar con él.

—Buenas noches. ¿Es un pequinés?

—Sí. Se llama Buda —me contestó con una sonrisa.

—No entiendo mucho de razas de perros, pero soy un gran amante de los animales.

—Son seres increíbles. Te dan mucho amor.

—La verdad es que quiero una mascota porque me separé de mi mujer hace unas semanas y me siento muy solo. ¿Me podría recomendar una tienda de animales?

—Yo le aconsejo que vaya a una protectora y adopte a uno. Seguro que el cariño que le da un animal de esos es enorme. A mi perro lo cogí de la protectora de Sabadell. Y lo cierto es que me hace mucha compañía. Yo también me separé y vivo solo. No tengo hijos, ni hermanos, ni padres. Tan sólo la compañía de mi perro y mis vecinos que, por cierto, son encantadores, aunque suene raro.

—Muchas gracias, le haré caso. Ahora me marcho que ya es tarde. Buenas noches.

—No hay de qué. Buenas noches.

Me puse a caminar por el césped justo detrás del banco donde mi objetivo permanecía sentado. Cuando estaba a unos diez metros saqué mi cuchillo, me di la vuelta y me acerqué hasta él de forma sigilosa. Cuando lo tuve a medio metro lo agarré del pelo, y levantando su cabeza, le puse el puñal en la garganta. Segundos después, el hombre estaba rodeado por un charco de sangre. Lo había degollado... El semen impregnó mis calzoncillos. Empapado en ese líquido viscoso salí corriendo para abandonar el parque lo antes posible.

Al llegar al coche me subí y fui a casa. Necesitaba masturbarme mientras pensaba en el momento del éxtasis, cuando rajaba el cuello de aquel hombre vulgar. ¡Me corrí tres veces! ¡Fue la hostia! ¡Subidón total! Quería más y más; ya no podía dejar de matar.

Mi siguiente reto era asesinar a una camarera de discoteca de unos treinta años de edad y que fuese rubia. Para localizar un objetivo me metí en Internet y busqué locales para gente de treinta a cincuenta años. Normalmente los empleados de estos recintos suelen tener esa edad. Utilicé algunos servicios de la red para hallar una discoteca que cumpliera mis requisitos. Necesitaba que el lugar no fuese muy transitado, y a poder ser que no hubiese viviendas cercanas. Una estrategia para cometer el crimen rondaba por mi cabeza. Lo tenía claro. Ya sabía cómo acabar con una furcia de ésas.

El viernes acudí a la discoteca para iniciar la cacería. Tenía pensado llevar a cabo la matanza al día siguiente. La primera noche tan sólo quería estudiar el terreno donde me iba a mover. La sangre me hervía cada vez que mi cabeza imaginaba a esa puta entre mis manos. «¡Maldita guarra!», grité excitado. En ese momento varias personas que estaban en el parking de la discoteca me miraron. Yo me hice el despistado y continué caminando. Era la una de la madrugada y el garito estaba a reventar. Al menos, la inmensa cola que había en la puerta me hacía intuir que sería así.

Al llegar a la cola pude escuchar una conversación que me dejó atónito.

—Por cierto, Rocío, ¿qué tal el domingo con tu cita? —dijo la chica que había delante de mí.

—Muy bien, Marta. Follamos cuatro veces. El tío es una máquina del sexo.

—¿Y cómo la tenía? —la guarrilla se mordió el labio.

—Enorme. Su polla es tan grande que no me cabía en la boca.

—¡Qué perra! Disfrutarías como una puta —puso cara de viciosa mientras hablaba.

—No te lo puedes llegar a imaginar. Me follo por todas

partes: el culo, el coño, la boca... Me corrí tantas veces que ahora sólo de pensarlo mojo el tanguita —la chica se había puesto muy cachonda.

—Me estoy poniendo caliente. El primero que se me ponga a tiro me lo follo. Me da igual cómo sea.

En ese momento, y teniendo la polla empalmada, me acerqué un par de pasos y sin cortarme un pelo le dije: «Me presento voluntario». Tras terminar la frase, las chicas me cogieron cada una de una mano y sin mediar palabra me llevaron hacia el parking. Una vez que llegamos a su coche me metieron en el interior y comenzaron a desnudarme. La rubia me bajó los pantalones y sacó mi polla. La amiga, al ver mi badajo se agachó y empezó a chupar y chupar. Mientras tanto la otra devoraba mi cuerpo con su boca...

Diez minutos más tarde mi pene se había deshinchado. Aquella escena digna de cualquier película porno había dejado de excitarme. Las guarrillas me echaron del coche y se quedaron masturbándose entre ellas. Estaba claro que a través del sexo no conseguía llegar al orgasmo. Eso sí, el calentón que llevaba no se me quitaba. Necesitaba correrme de una puta vez para soltar todo el semen que palpitaba en el interior de mi polla. ¡Quería matar! ¡Tenía que correrme! ¡No aguantaba más! Fue entonces cuando vi a una chica de unos veinte años de edad que iba dando tumbos por el parking. Llevaba tal borrachera que le costaba mantenerse en pie. Me acerqué a ella con la intención de ayudarle, aunque mi propósito era otro muy distinto. La agarré de la cintura y la oculté entre dos coches. Me aseguré de que no había vigilantes y que nadie me veía. La dejé ahí un momento y me acerqué a mi vehículo para buscar un cuchillo. Al minuto estaba rajándole el cuello. Y una vez que había muerto le bajé las bragas, la tumbé en el suelo boca abajo y comencé a penetrar su culo con mi polla. Tras siete u ocho penetraciones me corrí de una forma tan intensa que dejé su ano empapado de semen.

Mi instinto psicópata-sexual me había impedido por primera vez en mi vida ejecutar un plan. En ese instante tuve claro que la bestia que llevaba dentro dominaba mi voluntad ejerciendo un poder muy grande sobre mis acciones. Me había convertido en un depredador sexual y asesino en serie.

Decidí modificar mi reto y busqué una nueva ubicación para el día siguiente. Quería matar a una camarera, y ya me da daba igual su edad y el color de su pelo. Tomé la decisión de ir a la costa. Ese sábado me desplacé hasta la provincia de Tarragona.

Durante el trayecto hasta llegar a Salou mi mente iba maquinando ideas que me hacían sentir una excitación tan grande que por momentos me costaba mantener el control del coche. Estaba ansioso por cometer un nuevo crimen.

«¡Menuda gozada!», pensaba mientras mi mente imaginaba un gran charco de sangre alrededor de varias fulanas.

Llegué al lugar de destino con un dolor de "huevos" tan grande que tuve que desabrocharme el botón del pantalón. Tenía el rabo tan tieso que marcaba paquete al estilo *playboy* de las películas. Excitado era poco, mi cuerpo me pedía caña. ¡Matar y gozar! ¡Sangre y dolor! Tenía unas ganas locas de rajar a alguna de aquellas putitas que veía pasear por la arena.

Aparqué mi coche en el paseo y me puse a caminar. A los doscientos metros de haber iniciado la caminata, vi un bar cutre que llamó mi atención. Observé en la terraza a una mujer de unos sesenta años de edad. Su mirada, sus pechos y sus piernas me pusieron más caliente de lo que estaba. «¡Qué morbazo!», pensé en ese momento mientras en mi cabeza aparecían imágenes llenas de sadismo y lujuria.

Me senté en una mesa de la terraza que había junto a la puerta, desde donde podía observar el interior del garito. A los pocos segundos la camarera se acercó sonriendo. La polla me iba a estallar. Estaba tan cachondo que metí mi mano debajo de la mesa y comencé a tocar mis partes íntimas mientras conversaba con ella.

—Buenos días, caballero. ¿Qué le pongo?

—Sí. Me pones mucho —le guiñé un ojo.

—Me refiero que si desea tomar algo —me dijo mientras reía.

—Eso también —comencé a reírme con ella.

—Pues usted dirá.

—Por favor, tutéame, soy joven —volví a guiñarle un ojo.

—De acuerdo. ¿Qué quieres tomar, guapo?

—Una cerveza con limón.

—Enseguida te la traigo. Estoy aquí para lo que necesites —la camarera se sentía a gusto con mis insinuaciones.

—Muchas gracias, preciosa.

Todo transcurría fenomenal. Iba a pedirle su número de teléfono, o quizá directamente una cita. Estaba algo indeciso en ese aspecto. Lo único que tenía claro es que ella sería la que me llevaría al orgasmo. Me quería correr en su cuerpo impregnado por la sangre.

A los dos minutos volvió a la mesa para traerme la bebida. Se acercó mirándome fijamente. Su actitud la delataba. La muy zorra tenía ganas de polla.

—Aquí tienes tu cerveza con limonada, cariño.

—Gracias, guapa.

—Gracias a ti, por alegrarme la mañana —se mordió el labio y me guiñó un ojo.

—¿A qué hora sales de trabajar?

—Mi turno termina a las cuatro de la tarde. Y la verdad es que no tengo nada que hacer.

—Te recojo a esa hora y vamos a dar un paseo, ¿te apetece?

—Mejor vamos a mi casa directamente. Ya no tenemos edad para perder el tiempo, ¿no crees? —estaba cachonda como una perra en celo.

—Me encanta la idea. Lo vamos a pasar en grande —yo estaba más cachondo que ella.

Aquella tarde prometía ser inolvidable, mi deseo de estar con la rubia me tuvo excitado durante las horas previas a la cita.

Me levanté de la silla y dándole dos besos me despedí de ella. Era la hora de comer, así que me acerqué dando un paseo hasta un restaurante próximo donde observé en la puerta una pizarra que llamó mi atención: «Especialidad: paella de marisco. 19,95€».

Me senté en la terraza y esperé a que viniera el camarero. Las tripas me rugían del hambre que tenía. Sin duda, iba a beberme una buena botella de vino blanco para acompañar la comida. De entrante pedí unas cigalas a la plancha y unos mejillones al vapor. ¡Me encanta el marisco!

Mientras mi paladar disfrutaba de aquellos manjares pude ver algo que me puso mucho más cachondo de lo que estaba. Frente a mí, en el paseo, dos tipos comenzaron a discutir. Segundos más tarde, ambos se habían enzarzado en una brutal pelea. El más grande sangraba tanto que su camiseta no tardó en teñirse de rojo. El otro, el más enclenque, pegaba con una fuerza que no era normal. A los pocos minutos llegó la policía para detener la pelea. Yo tenía la polla tan dura que tuve que ir al lavabo del restaurante para hacer que ésta se desinflara. Me masturbé con tantas ganas que no pude controlar mi euforia. Grité de gusto mientras me corría. Al salir del baño me encontré con un hombre que me miraba con desprecio. En ese momento sentí rabia, así que me acerqué hasta él y lo agarré del cuello. Saqué mi pistola y lo encañoné: «Como digas algo te vuelo la tapa de los sesos». Guardé el arma y salí del retrete como si no hubiese pasado nada. Me senté nuevamente en la mesa de la terraza y terminé de disfrutar de la deliciosa comida. Tuve que tomar una segunda botella de vino. El marisco invitaba a ello. ¡Qué rico!

No comí postre, estaba saturado de tanto marisco y arroz así que decidí dar un paseo por la playa para hacer tiempo antes de recoger a la putita con la que había quedado. Mi rabo volvió a ponerse duro mientras caminaba por la arena. «¡Cuántas guarrillas hay aquí!», pensé mientras observaba a varios grupitos de chicas que había sentadas junto al mar.

Al llegar a una zona de hamacas, me apalanqué en una de ellas. A los pocos minutos de estar allí se acercó un hombre.

—Buenas tarde, señor.

—Hola —contesté con cara de pocos amigos.

—Son quince euros.

—¿Quince euros qué? —no pensaba pagar un duro por estar sentado en aquella mierda de tumbona.

—El precio que cuesta alquilar una hamaca son quince euros.

—¿Me has visto cara de guiri?

—Aquí todo el mundo paga lo mismo, sea de aquí o extranjero.

—No pienso pagar un duro por esta mierda de tumbona.

—Pues en tal caso levántese —el hombre estaba indignado.

—Un día te romperán la cara —dije riendo.

—Es posible, pero no será hoy —el tipo me estaba vacilando.

—Tienes suerte de que no quiero líos porque he quedado para follarme a una rubia, que si no te ibas a enterar de quién soy yo.

—Lo que usted diga, pero haga el favor de pagar o de levantarse ya.

Tenía ganas de rajar el cuello de ese cabrón, pero no podía meterme en problemas. En apenas unos minutos debía recoger a la guarrilla del bar, así que me puse en pie, y escupiendo en la hamaca, me despedí de ese tipejo. Si hubiese sido en otro momento, estoy seguro de que le hubiese rebanado el cuello.

Después de un breve paseo llegué a la terraza del bar donde me esperaba la camarera. Por cierto, tenía unos sesenta años. «¡Menuda cara de puta!», pensé en el momento que volvía a verla. «Ésta se tiene que comer las pollas dobladas», me dije a mí mismo.

Al encontrarnos nos dimos dos besos muy cerca de los labios. Ambos estábamos muy cachondos; ella porque deseaba follarme de forma salvaje, y yo porque me imaginaba descuartizándola cacho a cacho, extremidad a extremidad, miembro a miembro... ¡Sólo de pensarlo mojo los calzoncillos!

Era curioso pero a pesar del calentón que teníamos ni siquiera habíamos dicho cómo nos llamábamos. Fue ella quien se presentó primero diciendo su nombre.

—Yo me llamo Marta, ¿y tú?

—Luis. Encantado —le di un beso en la boca.

—Me encanta como besas, pero mejor vámonos de aquí. No quiero que mis empleados me vean en esta situación tan cariñosa.

—¿Vamos a tu casa? —dije ansioso.

—Claro, para eso hemos quedado, ¿no?

—Sí. Vas a pasar la mejor tarde de tu vida.

—No lo dudo, me pones muy cachonda. Tengo el tanga mojado y eso que aún no me has tocado.

—Yo también estoy a cien. Me das mucho morbo, rubia.

—¿Y por qué te doy tanto morbo? —me preguntó mientras comenzamos a caminar.

—Porque me sacas casi treinta años y eso me pone como una moto.

—Pues anda que tú a mí. Además de que estás muy bueno la diferencia de edad me humedece. Te voy a follar como nunca antes te han follado. Quiero comerme todo tu semen —estaba caliente como una perra.

—Vas a tener más orgasmos que en toda tu vida, porque te voy a follar una y otra vez hasta que no puedas más —la perra se ponía cada vez más cachonda.

Habíamos caminado unos doscientos metros cuando llegamos al coche. Me invitó a subir y arrancó el vehículo. La guarrilla tenía un BMW deportivo. Encima tenía dinero y buen gusto. ¡Es una pena descuartizar a una golfa como ella! Pero mi calentura sexual era tan grande que no se librería de mi deseo de sangre.

Subió las ventanillas del coche y puso el aire acondicionado. «Vas a sudar un poco, por eso he puesto el aire», me dijo guiñándome un ojo. En ese instante no supe a qué se refería. Entonces acercó su mano hasta mi pantalón y comenzó a acariciarme el paquete. A los pocos segundos ya había metido su mano en mi braguera sacando mi miembro viril. Estuvo masturbándome durante cinco minutos, soltando mi polla solamente para cambiar de marcha. Al llegar al parking de su casa, aparcó el coche en la plaza de garaje, y acto seguido, se agachó para chuparme el rabo... Varios minutos más tarde y viendo que no me corría, levantó la cabeza y me invitó a subir a su casa.

En el ascensor nos comimos los morros y nos sobamos todo el cuerpo. Estuvimos a punto de follar allí mismo pero contuvimos el deseo.

Entramos al piso y nada más cerrar la puerta volvimos a engancharnos. Entre morreos y tocamientos fue llevándome hasta la habitación. Una vez allí me tumbó sobre la cama y comenzó a desnudarse. Yo me quité la ropa y me acerqué hasta ella. En ese momento me dio una pequeña bofetada y me dijo que me tumbara. A la muy puta le iba el rollo sadomasoquista.

A mí me gusta hacer daño a los demás, pero no que me lo hagan a mí. Pero si quería ganarme su confianza para poder matarla después debía jugar a su juego, así que me dejé hacer... Me ató con unas esposas al cabecero de la cama y con su lengua empezó a chupar todo mi cuerpo. Cuando lo había empapado con su saliva, comenzó a morderme los pezones con suavidad, hasta que se tiró a mi cuello y me dio un bocado tan fuerte que grité de dolor. Me soltó un bofetón y me mandó callar. Se levantó de la cama y salió de la habitación.

Durante el minuto que Marta estuvo ausente se me pasaron mil cosas por la cabeza, como por ejemplo, si había sido buena idea que me dejara atar. La muy descocada me había hecho daño al morderme, y seguramente eso era lo más suave que me esperaba.

La rubia entró de nuevo en la habitación portando una extraña caja. «¿Qué habrá en el interior?», me dije a mí mismo. Salí de dudas minutos después.

Abrió la caja y sacó de ella una especie de mordaza que me puso en la boca para evitar que hablara o chillara. Aquello empezaba a pintar mal.

Nuevamente metió la mano en el interior de la caja y sacó un abrecartas que parecía muy afilado. En ese momento supe que me iba a cortar. También sacó velas y un consolador. «¡Mi culo no!», intenté gritar, pero la mordaza apenas me permitía balbucear.

Volvió a meter la mano en la dichosa caja y extrajo un mechero. Encendió la vela y se postró encima de mí. Lo siguiente que hizo fue morderme con fuerza un pezón y, tras hacerlo, tumbó la vela y dejó que varias gotas de cera cayeran sobre mi cuerpo. El dolor fue terrible.

Durante más de diez minutos estuvo mordiendo partes de

mi cuerpo y aliñándolas después con cera caliente de la vela. Lo pasé francamente mal, pero lo peor aún estaba por llegar.

La puta rubia de los cojones era un ama del sado. Me maldije mil veces mientras sufría sus torturas. Y encima no podía dejar de mirar de reojo aquel abrecartas que había puesto encima de la cama.

Mi cuerpo estaba dolorido a causa de los mordiscos y la cera caliente. Pero en unos segundos lo estaría mucho más. Marta agarró el abrecartas y suavemente comenzó a deslizarlo por todo mi cuerpo. Empezó por mi cara y bajó hasta mis pies. Una vez que había terminado el recorrido, volvió a subir lentamente hasta llegar a mis labios, entonces me apartó la mordaza unos segundos y dio un pequeño corte en la parte inferior del labio para continuar lamiendo la herida con su lengua. Luego me amordazó de nuevo.

Recibí cortes por todo el cuerpo, aunque no emané demasiada sangre. La guarra era una experta en este tipo de prácticas. ¡Hija de puta!

Una vez que se cansó de utilizar al abrecartas y chupó todas mis heridas, comenzó a hacerme una mamada, pero la muy cerda me mordía la polla a propósito para provocar un fuerte dolor en mis genitales. A los pocos segundos llegaría lo peor...

La puta se agachó para recoger el consolador del suelo. Me puso de medio lado e introdujo el juguete en mi culo.

Empezó a meterlo y sacarlo una y otra vez hasta que comencé a sangrar por el ojete. Se levantó de la cama y salió de la habitación. Yo estaba cagado de miedo, aunque el dolor que sufría me estaba empezando a excitar. Fue una sensación muy extraña porque hasta ese momento sólo me había excitado con el dolor ajeno, y nunca padeciéndolo en mis propias carnes.

A los pocos minutos de haber salido del cuarto, Marta volvió a entrar portando algo que me puso a mil. Por un lado me cagué de miedo pero por otro llegué a la máxima excitación sólo de pensar lo que se podía hacer con eso. Mi polla escupió medio litro de semen.

—Vaya corrida que te has pegado —dijo la rubia antes de quitarme la mordaza.

—Cómete mi semen —todavía tenía la polla tiesa.

—Sí, me lo comeré todo antes de utilizar este juguetito —dejó en la cama lo que llevaba en la mano.

—Trágatelo todo. Está muy rico, ya verás. —dije excitado.

—Empezaré por el que tienes en el rabo y después con en el resto que tienes en el cuerpo —la zorra empezó a tragar semen.

Una vez que había saboreado ese líquido viscoso, se levantó y cogió de nuevo lo que había dejado encima de la cama. Lo levantó, y guiñándome un ojo, me dijo: «Este hacha es para cortarte las piernas». Acto seguido, seccionó mis extremidades inferiores... ¡La hija de puta me había cortado las piernas! Perdí la conciencia. Lo siguiente que recuerdo es que desperté en un hospital.

CAPÍTULO 9
Con piernas y a lo loco

Abrí los ojos y estaba en la habitación de un hospital. Lo último que recordaba era que aquella loca me había cortado las piernas con un hacha.

Miré a mi alrededor y vi a otra persona que dormía en la cama de al lado. Apenas me podía mover, pero hice un esfuerzo por tocar lo que quedaba de mis piernas. Al estirar los brazos pude palpar que conservaba las extremidades inferiores, pero no las sentía. Supuse que habían conseguido volver a ponerlas en su sitio, y que debido a la intervención quirúrgica había perdido la sensibilidad en ellas. Conocía un caso similar donde una mujer perdió un dedo y los médicos consiguieron volver a injertarlo. La chica estuvo una temporada sin notarse el dedo, y según me explicó suele ser habitual en algunas personas que han sufrido la amputación de algún miembro y que posteriormente han conseguido con éxito volver a implantárselo. Por eso, dentro de lo malo confiaba en que antes o después recuperaría la sensibilidad en las piernas y volvería a corretear como siempre.

Mientras reflexionaba sobre mi situación actual no podía quitarme de la cabeza a Marta. Su sadismo extremo me había dejado postrado en una cama de hospital. A pesar de que era consciente de que yo mismo había sido igual o más sanguinario que ella, ya no veía de la misma forma todo aquello. Notaba una sensación muy extraña, como si todas aquellas muertes y venganzas que había a mis espaldas no las hubiese ejecutado yo. Sentía asco y repulsa por todas esas acciones. Me odiaba a mí mismo y me costaba reconocerme. Empecé a gritar una y otra vez: «¡Soy un puto monstruo! ¡Tendría que estar muerto! ¡No merezco ni el aire que respiro!» La puerta de la habitación se abrió y una enfermera entró corriendo para calmarme.

—Tranquilícese Luis. Veo que ya ha recobrado la consciencia.

—Llame a la policía, tengo que entregarme.

—¿Qué le pasa? ¿Para qué quiere que venga la policía? —la enfermera no entendía absolutamente nada.

—He hecho cosas horribles y tengo que entregarme.

—¿Qué cosas tan terribles son ésas?

—He matado a muchas personas —necesitaba confesar mis crímenes.

—Cálmese. Ha estado cuarenta y ocho horas en coma. Necesita descansar.

—Que venga un médico o alguien que mande aquí. Quiero que llamen a la policía. Soy un maldito asesino.

—Está bien, iré a buscar al médico de guardia. Pero ahora tranquilícese.

La enfermera salió de la habitación y se fue a buscar al doctor. Mi compañero de estancia seguía dormido. Los gritos no habían conseguido despertarlo por lo que intuí que estaba en estado de coma.

Durante los cinco minutos que tardó el médico en aparecer reflexioné profundamente sobre todas mis acciones de venganza y sangre. Estaba tan arrepentido que no podía parar de llorar. Las lágrimas empaparon las sábanas de la cama y humedecieron tanto mis ojos que apenas podía ver con claridad. No llegaba a comprender cómo había sido capaz de matar a tanta gente y de comportarme de aquella manera tan cruel. Tomé conciencia por primera vez de que necesitaba ayuda profesional. Me había convertido en un psicópata y un agresor sexual. Si en ese momento hubiese tenido una pistola me habría volado la tapa de los sesos.

Maté hombres, mujeres, niños, personas mayores; y lo que era aún peor, algunos de estos asesinatos los había llevado a cabo en presencia de los hijos menores de las víctimas.

No me merecía seguir vivo. Pensé en quitarme la vida en cuanto saliera del hospital. El mundo sería un lugar mejor si en él no hubiese personas como yo.

No paraba de torturarme mentalmente cuando, de repente, vi cómo se abría la puerta. Era el médico que venía a hablar conmigo. Tenía que pedirle que llamara a la policía. Necesitaba contar todas las atrocidades que había cometido. Así que empecé a conversar con él.

—Hola, doctor. Menos mal que ha venido. Necesito que llame a la policía.

—Ya me explicó la enfermera. Pero prefiero que me explique usted.

—He asesinado a varias personas y necesito entregarme a las autoridades. Llame ya, por favor —estaba desesperado.

—¿Está usted seguro de lo que dice?

—Nunca he estado más seguro de nada, doctor. Necesito confesar lo antes posible porque este sentimiento de culpa me va a matar antes que mi enfermedad.

—Está bien, avisaremos a la policía. Ahora cálmese y descanse.

—Gracias, doctor. Ha sido usted muy amable —suspiré relajado.

El médico abandonó la habitación; encendí el televisor

para ver algún programa y evadirme de aquella sensación terrible que me consumía por dentro.

«¡Vaya mierda!», dije al cambiar de canal. ¡Ya están otras vez esos tertulianos criticando a la gente y sacando mierda de ellos! En este país parece que todo vale con tal de tener audiencia o ganar dinero. Los periodistas y tertulianos deberían pensar que todas esas personas a las que machacan tienen hijos, hermanos, padres, abuelos, tíos, primos, amigos… y que sufren mucho cuando se les ataca y machaca en los medios de comunicación, pero claro, a estos programas les da igual, ellos sólo quieren audiencia y dinero. ¡Menudos hijos de puta que son! Si dependiera de mí prohibiría ese tipo de contenido.

Ante tal indignación decidí apagar el televisor e intenté dormir un rato. Me costó conciliar el sueño porque mi cabeza no dejaba de plasmar en mi mente las imágenes más terribles de los asesinatos que había cometido. Lo que más me destrozaba era el hecho de saber que durante mis venganzas utilicé a niños de corta edad para hacer sufrir a sus padres. «¡Maldito sea!», grité en repetidas ocasiones. Si la ventana de la habitación se pudiese abrir, estoy seguro de que me habría lanzado por ella. Sólo tenía ganas de morir. «¡Qué venga ya la puta policía!», exclamé una y otra vez.

Poco a poco conseguí calmarme y un par de horas después caí inmerso en un leve sueño. Calculo que dormí unos cincuenta minutos. Cuando desperté vi como una enfermera salía de la habitación. No pude verle la cara pero estaba seguro de que no era la chica que me había cuidado hasta ahora. No sé por qué, pero al verla de espalda sentí algo extraño en mi interior, como un cosquilleo en el estómago. Fue curioso, la verdad.

A los pocos minutos entraron dos hombres que se acercaron a mi cama y se presentaron.

—Buenas tardes. ¿Es usted el señor Luis Doblado?

—Sí, soy yo. ¿Son policías? —pregunté nervioso.

—Efectivamente. Nos han llamado para que vengamos a verle. Según nos han explicado quiere contarnos algo.

—Sí. Quiero confesar varios crímenes que he cometido.

—Somos todo oídos. Usted dirá.

Les expliqué paso a paso todo lo que había hecho, contando incluso los más mínimos detalles. Los agentes se miraban sin dar crédito a lo que estaban escuchando. Tras concluir con mi declaración, éstos se marcharon de allí sin decirme prácticamente nada. Me comentaron que en breve volverían a verme.

Varias horas más tarde pasó algo que me dejó atónito. Todo cambió de forma extrema y empecé a llorar a moco tendido, como jamás antes había llorado. La vida me dio un vuelco de 360 grados.

El médico se acercó a mí y me dijo que intentara recordar lo último que había hecho antes de despertarme en el hospital. Le expliqué mi experiencia con la camarera y cómo ella había seccionado mis piernas. El doctor se sentó en un lado de la cama y me dijo que escuchara atentamente lo que tenía que decirme. Fue en esa conversación donde todo cambió...

—A usted nadie le ha cortado las piernas —me miró fijamente para contemplar mi reacción.

—Claro que sí. Lo recuerdo perfectamente. Además, no me siento las piernas y estoy aquí, ingresado en un hospital —no entendía por qué el médico me había dicho eso.

—Usted no está aquí porque alguien le haya seccionado las extremidades inferiores. Además tampoco ha matado a nadie, ni siquiera ha cometido venganza alguna sobre otra persona.

—¿Pero qué está diciendo, doctor? ¿Acaso cree que me he vuelto loco? —me sentía indignado.

—No se ha vuelto loco, tranquilo. Lo que sucede es que durante los dos días que ha estado en coma su cabeza ha creado en su mente esa secuencia de asesinatos y torturas. Es normal que lo haya vivido de una forma tan real, ya que no es la primera vez que le sucede algo así a una persona que ha pasado por su estado de inconsciencia.

—¿Me está diciendo que todo ha sido un sueño? —estaba anonadado.

—Nada ha sido real. No es usted ningún asesino ni psicópata. Puede estar tranquilo.

—¿Y por qué estoy en el hospital?

—Sufrió un accidente al cruzar una calle. Un vehículo lo atropelló.

—¿Y mis piernas? ¡No las siento!

—Le han quedado secuelas del accidente, pero ahora no se preocupe por eso. Intente recordar poco a poco. Es importante que asimile cuanto antes que no es usted un criminal.

La conversación se extendió mucho más y fue entonces cuando comencé a recuperar la memoria. Lo que había sucedido es que tras trazar mi plan de venganza contra el primer objetivo, me encaminaba para su zona de residencia con el fin de tantear el terreno, y en una de las calles, al cruzar, un coche que circulaba a gran velocidad me atropelló.

No era un asesino, ni me había vengado de nadie. Todo había sido producto de mi imaginación debido a mi estado de coma. ¡Qué alivio!

Aquella experiencia me hizo reflexionar profundamente sobre el bien y el mal, sobre la venganza y el perdón, sobre la compasión y el odio. Decidí no vengarme de nadie, ni siquiera de aquellos que habían arruinado mi vida. Ese día tomé la decisión de cambiar mi forma de ser y pensar. Sabía que apenas me quedaban unos meses de vida pero quería aprovecharlos en hacer cosas buenas y ayudar a los demás.

A la mañana siguiente, y tras haber pasado una mala noche en la cual tuve muchas pesadillas, desperté con un sabor agridulce. Por una parte soñar con todo aquello me había dejado muy mal cuerpo, pero otro lado sentía un gran consuelo al saber que no era ningún asesino. Una mezcla de emociones se abrazaban dentro de mí. Finalmente la sensación de paz me inundó por completo. El hecho de saber que no había matado ni torturado a nadie me aportada una enorme felicidad. ¡Era fantástico!

Llevaba apenas veinte minutos despierto cuando ocurrió algo maravilloso que terminó de hacerme el hombre más feliz del universo.

Se abrió la puerta de la habitación y vi cómo entraba el carro de la comida. Segundos más tarde, me quedé sin palabras. No fui capaz de abrir la boca. Ante mí apareció Santa; el amor de mi vida, la mujer que siempre quise. Estuve a punto de llorar de emoción pero me contuve.

Mi amada se acercó hasta mí y con una enorme sonrisa en la cara me dio un beso en la mejilla.

—Hola, Luis, ¿cómo estás?

—Sin palabras... Me alegro mucho de verte —apenas podía expresarme, tenía la voz entrecortada.

—Llevo viniendo a verte desde el primer momento que

supe que estabas aquí. Tuve tanto miedo de que no despertaras nunca que recé todos los días para que te pusieras bien —Santa empezó a llorar.

—No llores que me harás llorar a mí también. Por cierto, ¿te has vuelto creyente? —dije sorprendido.

—No, pero en situaciones extremas una persona se agarra a la fe o donde haga falta.

—Santa, ¿te puedo pedir una cosa?

—Claro, lo que quieras.

—Abrázame, por favor. Lo necesito.

Nos fundimos en un emotivo abrazo que duró casi un minuto. La llama del amor seguía viva después de casi veinte años. Aquello fue maravilloso.

Desayuné con lágrimas en los ojos mientras ella continuó repartiendo la comida por el resto de habitaciones. Me dijo que una vez que terminara su turno pasaría a verme para estar conmigo toda la tarde. Teníamos que hablar de muchas cosas. «¿Sería posible recuperar el tiempo perdido?», me pregunté constantemente mientras miraba impaciente el reloj.

Las horas de espera se me hicieron eternas aunque me sirvió para recordar momentos vividos con ella.

Corría el año de 1994 cuando besé por primera vez a Santa. Aún me acuerdo de aquel momento tan especial y lleno de pasión.

Antes de ser pareja sentimental fuimos amigos, y muchas tardes nos íbamos en mi coche hasta un polígono cercano donde disfrutábamos de una buena conversación en el cual nunca faltaban las risas y el cachondeo. También hubo momentos de dulzura donde escuchábamos música melosa, como Camela; y, poco a poco, nuestra amistad se fue transformando en una bella historia de amor.

Una tarde, horas antes de tener que coger el tren para regresar al cuartel militar, nos acercamos hasta el polígono, como era habitual, pero ese día ocurrió algo que lo cambió todo. Me acuerdo perfectamente porque fue la primera vez que nos fundimos en un beso lleno de verdad. Ese día comenzamos a salir como pareja. Pienso en ello y se me saltan las lágrimas de emoción. ¡Qué bonito! Durante los siguientes días no pude hablar con ella puesto que en ese año no existían los teléfonos móviles y me daba vergüenza llamar a su casa. Sus padres me conocían pero ignoraban que nuestra relación hubiese tomado un rumbo tan pasional. Así que tuve que esperar hasta el viernes siguiente para volver a verla. Pasé una semana nostálgica en el cuartel militar. Nada más llegar a la ciudad me acerqué a verla, ni siquiera pasé por casa para dejar el petate. «¡Tu soldado ya está aquí!», le dije antes de darle un fuerte abrazo. Ella me besó con gran deseo. Y así fueron mis primeros momentos junto a Santa. ¡Mágicos!

Otro de los momentos maravillosos que viví von mi amada se produjo una tarde que decidimos ir a la costa. Llegamos cuando aún era de día, así que paseamos un rato por la larga avenida. Nos sentamos en una mesa de terraza y comimos algo. Cuando oscureció nos acercamos a la orilla del mar y nos sentamos en la arena para escuchar cómo las olas rompían cerca de nosotros. Apenas hablamos; nos dedicamos a besarnos, abrazarnos y querernos. Nunca un silencio fue tan bonito como aquella noche. En algunas situaciones cuando hay amor sobran las palabras. Y ese momento es un claro ejemplo de ello. Se me pone la piel de gallina al recordarlo. ¡La amo con locura!

Cuando los padres de Santa tuvieron conocimiento de nuestra relación la aceptaron encantados, y entonces tuve acceso a su casa. Pasamos muchas tardes apalancados en el sofá con una manta viendo películas. La sensación que te trasmite el hecho de estar en ese tipo de situaciones con la persona que amas es maravillosa.

Los padres de mi gran amor solían salir por las tardes a pasear y algunas veces cenaban fuera por lo que muchos días, sobre todo de fin de semana, teníamos la casa para nosotros solos. Daría lo que fuera por poder revivir aquello, pero sé que es imposible. Me quedan unos meses de vida y supongo que Santa estará casada o tendrá pareja. Es tan guapa que me extrañaría mucho que no fuese así.

También recordé la primera noche que dormimos juntos. No llegamos a hacer el amor; la pasamos abrazados y dándonos mimos. Fue increíble. Y siendo sincero, con ninguna otra mujer habría pasado eso. Cuando me enamoro el sexo pasa a un segundo plano, sobre todo en las primeras semanas de relación. La satisfacción de abrazar a mi pareja y vivir momentos románticos suple el deseo sexual, aunque eso no quiere decir que no haga el amor, pero lo veo de otra manera distinta. Sé que en este aspecto soy un tipo raro, pero qué le vamos a hacer, me gusta la magia.

No sólo pasaron por mi cabeza momentos tan destacados de la relación; recordé muchas situaciones comunes y frecuentes donde Santa me besaba, y lo cierto es que me emocionaba sólo con recordarlo. Acordarme de un abrazo, un beso, una caricia o una mirada era suficiente para volver a vivir la pasión y el amor que sentía —y siento— por ella.

Estaba tumbado en la cama del hospital recordando todos estos momentos cuando la puerta se abrió... Apareció Santa con una enorme sonrisa en la cara. Se sentó en la silla que había junto a la cama y comenzamos a charlar.

—Luis, cariño, ¿cómo te encuentras?

—Muy contento, Santa. Tu presencia me hace el hombre más feliz del mundo.

—¡Qué bonito! Yo también me alegro mucho de verte.

En todos estos años he pensado mucho en ti. Deseaba volver a verte, aunque... —su cara empezó a transmitir tristeza.

—¿Qué te pasa mi amor? Te has puesto triste.

—Supliqué muchas veces que quería volver a verte, y ahora me siento mal por ello, aunque mi deseo se haya cumplido.

—¿Por qué te sientes mal? No entiendo nada.

—Porque estás en el hospital. Quizá si no hubiese deseado con tanta fuerza nuestro reencuentro tú no estarías aquí y tu salud sería mejor.

—No digas tonterías, cariño. Tu deseo de verme no tiene nada que ver con mi accidente ni con mi enfermedad. Además, yo deseaba tanto o más que tú volvernos a ver. Y siendo sincero te diré que si me dejaran elegir entre verte y estar como estoy o, no verte y tener buena salud, elegiría la primera opción. Hubiera dado mi vida por volver a verte aunque sólo fuesen unos minutos.

—Es muy bonito lo que dices, Luis. Quiero que sepas que en todos estos años nunca he dejado de amarte. Te quiero con locura.

—Yo también te amo con todo mi corazón, y jamás dejé de hacerlo. Has sido, eres y serás la mujer de mi vida, pase lo que pase.

—Luis, cariño, tienes que saber algo —en ese momento se me pasaron mil cosas por la cabeza.

—Dime, Santa —tragué saliva y esperé a que hablara.

—Hace casi diez años que estoy casada con un hombre maravilloso que me trata como a una reina. Lo quiero mucho y es una buena persona. Tenía que decírtelo.

—Lo supuse. Tú vales mucho y es normal que tengas pareja —una enorme tristeza invadió todo mi ser.

—También quiero que sepas que me gustaría pasar contigo el tiempo que te queda. Por ti siento amor verdadero. A mi pareja no la amo de la misma forma. Digamos que por él siento cariño y por ti, amor puro.

—No quiero que por mi culpa discutas con tu pareja. Yo en unos meses estaré muerto y a ti te queda mucha vida por delante. Lo mejor es que la aproveches con él —en realidad deseaba que lo dejara y se quedara conmigo el resto de mis días, pero no quería ser egoísta y antepuse su felicidad a la mía.

—Voy a quedarme contigo hasta el final porque es lo que deseo y lo que me pide el corazón. ¡Te quiero mucho!

—Yo también te amo, mi vida —varias lágrimas inundaron mis ojos.

Santa se marchó a las ocho de la tarde, al día siguiente entraba a trabajar muy temprano. Aquella noche no conseguí conciliar el sueño. Mi mente divagaba entre lo que me dictaba el corazón y lo que consideraba que era mejor para mi amada. No podía permitir que rompiera su relación con su pareja; total, a mí apenas me quedaban unos meses de vida. Sin embargo, el profundo amor que sentía por ella me dictaba todo lo contrario: necesitaba estar a su lado y amarla todos y cada uno de los días que me restaban de vida. ¡Puto dilema!

Por la mañana muy temprano vino a verme el doctor. Según me explicó había estado esa noche de guardia y quería darme la noticia antes de marcharse. Al parecer, la tarde anterior recibió los resultados definitivos. Tras aquella conversación me derrumbé llegando a sufrir un ataque de ansiedad. La noticia fue demoledora.

—Buenos días, señor Doblado —el médico tenía cara de cansado.

—Hola doctor. ¿Qué hace tan temprano aquí? —al verlo me temí lo peor.

—Ayer recibí los resultados definitivos sobre su caso, y aprovechando que he pasado la noche de guardia quería informarle lo antes posible.

—Usted dirá.

—Ante todo quiero que esté tranquilo. Hay muchas personas en su situación y todas salen adelante, aunque al principio tengan miedo o se vean dentro de un pozo sin fondo —ahora sí que estaba realmente asustado.

—Me está asustando. Dígame, ¿qué me pasa?

—Tras realizar todas las intervenciones posibles y practicarle las pruebas correspondientes hemos sabido que no podrá volver a caminar.

—¿Está usted seguro? —casi me desmayo.

—Lo lamento mucho. Ahora tiene que ser fuerte y afrontar con valentía esta nueva etapa de su vida.

Esa mañana supe que me había quedado inválido y que pasaría el resto de mis días en una silla de ruedas. Me puse a llorar contagiado por la rabia y la impotencia. ¡Mierda!

Cuando conseguí calmarme reflexioné sobre mi situación, llegando a una conclusión que antes jamás me había planteado.

Creo que de existir el infierno del que hablan las religiones, éste sería el lugar donde vivimos. Para afirmar esto me baso simplemente en la lógica. Un día estás bien y al siguiente te dicen que en seis meses como mucho te morirás. Vas tan tranquilo por la calle y tienes un accidente que te deja postrado en una silla de ruedas para el resto de tu vida. Además, ¿hay algo peor para unos padres que el hecho de que secuestren, violen, torturen y maten a un hijo o una hija? La respuesta es NO. Un rotundo no. Antes, cualquier padre prefiere ponerse en la piel de su hijo o padecer lo que sea con tal de evitar dicha atrocidad. Por consiguiente, considero que no puede haber nada peor que esto. Y este ejemplo sólo es un pequeño esbozo que define el horror que hay en este mundo, porque no podemos olvidar las guerras, la pobreza infantil, y todas las situaciones terribles que acontecen día a día. Así que lo tengo claro, vivimos en el infierno del que hablan las religiones. Sólo tenemos que ser conscientes de que nacemos condenados al sufrimiento, la enfermedad, las injusticias, las preocupaciones, los problemas y la muerte. ¡Manda cojones! Nacemos para morir. ¿Acaso esto no es cruel ya de por sí?

Mi visión de la vida había cambiado por completo al reflexionar sobre este tipo de cuestiones, y entonces sentí un profundo alivio al saber que la muerte era una liberación. Sentí alegría por mis seres queridos que ya habían dejado este mundo. Ellos se habían librado del sufrimiento, de las injusticias y de los problemas.

Creo que venimos a este mundo por algo y que debemos afrontar todas las desgracias con valentía, pero a la vez no debemos temer a la muerte puesto que es una liberación. Eso sí, la muerte debe llegarnos cuando lo marque el destino. No estoy a favor del suicidio, ya que eso es un acto de cobardía y va contra la esencia de la propia vida. Vuelvo a decir que si estamos aquí es por algo y si tenemos que sufrir también es por algún motivo, por eso hay que ser valiente, y no asomarse a la puerta del suicidio. No sabemos qué hay después de la vida, pero estoy seguro que a las buenas personas les espera algo maravilloso, mientras que a la gente mala el cambio les será desfavorable.

A los pocos minutos llegó Santa. Su cara me hizo intuir que ya conocía la noticia, y a pesar de que sus ojos mostraban la tristeza que llevaba por dentro, intentó suplir ese sentimiento saludándome con una enorme sonrisa. Nuestra conexión es tan fuerte que sólo necesito mirarla para saber cuál es su estado de ánimo. Era curioso, pero ni siquiera dos décadas después de nuestra separación habíamos perdido ese toque mágico de saber qué le ocurre al otro nada más con mirarle a la cara.

Desde hace casi veinte años llevaba diciéndome a mí mismo que daría lo que fuera por pasar un día más con mi amada. Al concluir aquella vista que Santa me hizo vi cumplido este deseo. ¡Lo conseguí!

—Hola cariño, ¿qué tal estás? —me preguntó Santa.

—Ahora que has venido estoy mucho mejor. Supongo que ya sabrás la noticia —agaché la cabeza.

—Sí. Acabo de hablar con el doctor en la cafetería y me lo ha contado.

—Los meses que me quedan de vida voy a estar postrado en una cama o en una silla de ruedas en el mejor de los casos —la tristeza inundaba mi alma.

—Mira, Luis, debido a mi profesión conozco a mucha gente que ha pasado por tu situación, y te aseguro que al principio es un calvario para ellos pero luego todos se acostumbran a su nueva vida y terminan muy felices; algunos incluso lo son mucho más que antes porque su concepto sobre la vida cambia de forma radical y pasan a ser más espirituales.

—Algo parecido me dijo el médico cuando habló conmigo. ¿Aunque sabes una cosa?

—Dime, amor.

—A mí me queda tan poco tiempo de vida que no podré adaptarme a ese cambio, ya que ello tendría un proceso de años —volví a agachar la cabeza.

—Yo te voy a ayudar a que seas feliz desde hoy mismo. Voy a hablar con mi pareja para decirle que lo dejo, y después le diré a mi madre que me preste el piso que tiene vacío. Tú y yo vamos a vivir juntos como pareja. Nuestro amor infinito no tiene barreras y quiero pasar el resto de tu vida contigo. Te amo tanto que ahora que te encontré lo único que me hace feliz es estar junto a ti.

—Santa, estoy paralítico, no creo que sea buena compañía para ti —sentía una enorme felicidad tras escuchar las palabras de mi amada, aunque intentaba ocultarla.

—Luis, no disimules. Sé que te hace muy feliz lo que acabo de decirte. Dame un beso, amor —nos besamos de forma apasionada.

A mí me daban el alta médica al día siguiente, así que Santa aquella misma tarde fue a hablar con su pareja para explicarle que lo dejaba. Luego habló con su madre y ésta le dio las llaves del piso. Al día siguiente me trasladé a vivir con ella.

Durante los siguientes meses fui tan feliz que me olvidé de que mi muerte estaba cerca. Llegué a aceptar mi invalidez en un tiempo récord. El amor y la pasión que ambos sentíamos por el otro hizo de bálsamo mágico y transformó aquellos meses que presumiblemente iban a ser los más terribles de mi vida en los más maravillosos. Jamás había sido tan feliz. No puedo definir con palabras todo lo que sentí y viví durante ese tiempo.

El plazo de vida que me había dado mi médico de cabecera estaba a punto de llegar a su fin. Todo lo bueno se termina. Nada dura permanentemente, como dicen los budistas. Y yo tenía las horas contadas, pero ni siquiera este detalle me impedía ser feliz y disfrutar del amor que tenía por Santa. Disfrutaría de su presencia hasta el último segundo de mi vida. No puede haber una muerte mejor que perecer a su lado, pensaba cada vez que imaginaba mi trágico destino.

Mi gran amor pidió vacaciones anticipadas para pasar conmigo las últimas dos semanas que apenas me quedaban de vida. Fueron unos días maravillosos en los cuales nos abrazamos y besamos una y mil veces. Jamás podré olvidar su mirada, sus labios, sus caricias y sus besos. No creo que nadie pueda ser más feliz que yo lo fui en esos días.

Las dos semanas pasaron y los seis meses de vida que me quedaban se cumplieron. Yo seguía vivo. ¿Cuánto tiempo más aguantaría sin estirar la pata? En ese momento creí que la incertidumbre se apoderaría de mí. Pero estaba equivocado. Sólo pensé en ello durante las primeras horas, y luego continué viviendo el momento junto a mi amor.

CAPÍTULO 10
Una tragedia y un final inesperado

Habían pasado cinco años y seguía vivo. «¿Cómo era posible?», me preguntaba una y otra vez mientras seguía gozando del cariño y los cuidados de mi gran amada.

Desde hacía meses había recuperado incluso la movilidad en las piernas; aunque con cierta dificultad, pero podía caminar. ¡Los milagros existen!

Estuve durante estos últimos años visitando a mi médico de forma semestral. Al principio su diagnóstico era que mi enfermedad se desarrollaba más despacio que en el resto de pacientes, y que por eso continuaba con vida. Recuerdo que la primera vez que lo visité una vez que los seis meses habían pasado me dijo que cómo máximo aguantaría con vida dos o tres meses más, pero ese plazo de tiempo volvió a cumplirse y yo seguía con vida. En la segunda visita me comentó que no llegaría a superar el año, pero nuevamente su previsión falló y la enfermedad no pudo alejarme de Santa.

Tuvieron que pasar cinco largos años para que finalmente los médicos —han estudiado mi caso decenas de especialistas— me dieran la mejor noticia posible.

—Buenos días, señor Doblado —me dijo el doctor.

—Buenos días.

—Tras recibir el resultado de sus pruebas tengo que darle una noticia que le va a hacer muy feliz.

—Dígame, doctor. Estoy impaciente —una enorme sonrisa se dibujaba en mi cara.

—No sabemos cómo ni por qué pero su enfermedad ha desaparecido por completo. Está usted curado.

—¡Eso es maravilloso! Muchas gracias por todo lo que ha hecho por mí —le di un abrazo de todo corazón.

—No me dé las gracias a mí. Mire, normalmente no suelo hablar de estas cosas con mis pacientes pero su caso es especial y lo haré.

—Le escucho, atentamente —estaba a punto de recibir una gran sorpresa.

—Llevo muchos años ejerciendo esta profesión, es algo que me viene de familia; mi padre y mi abuelo fueron médicos, y ellos al igual que yo hemos tratado muchas enfermedades. Le quiero decir con esto que en varias ocasiones, quizá en el 3% de los casos, siempre ocurre algo milagroso, mágico o inesperado, como usted prefiera llamarlo, que hace que los pacientes se curen de su enfermedad de manera que la medicina no consigue explicar.

—¿Usted tiene alguna teoría al respecto, doctor?

—Sí, la tengo. Creo que el secreto está en las ganas de vivir, aunque aparte de esto que sería el 50% de la ecuación que ha curado a estos enfermos falta la otra mitad de dicha ecuación, que es que estos enfermos tienen un aliciente añadido que les provocara que las enormes ganas de vivir sean mucho más intensas.

—Yo me reencontré con el amor de mi vida cuando estuve ingresado en el hospital debido al accidente de tráfico. Y desde ese día volvimos a estar juntos. El amor que ambos sentimos es tan grande que no se puede explicar con palabras. ¿Cree que esto ha influido?

—Como médico y de forma oficial no le puedo responder a su pregunta, pero como persona y de forma no oficial le diré que sí. No cabe la menor duda de que la fuerza del amor y sus ganas de vivir han sido las medicinas que lo han curado de la enfermedad.

—También me dijeron que tras el atropello no volvería a caminar. Y ahora ya ve, puedo andar con dificultad pero no necesito una silla de ruedas. Incluso el especialista me ha dicho que en un plazo breve de tiempo podré volver a caminar y correr con la más absoluta normalidad.

—Lo sé, tengo aquí su informe. Y si quiere que le dé mi opinión, esta mejoría inesperada posiblemente se debe a lo que comentaba antes: el amor y sus ganas de vivir.

Salí de la consulta con una felicidad tan grande que no podía borrar la sonrisa de mi cara. Me había curado y encima en poco tiempo volvería a caminar con normalidad. Tenía que explicarle a Santa que todo había sido gracias a su amor y cariño. Ella me había salvado de la enfermedad devolviéndome la vida. Además, me transformó en una mejor persona. Tenía ganas muchas ganas de abrazarla y estar junto a ella.

En el taxi de camino a casa estuve pensando en la posibilidad de crear una nueva filosofía de vida basada en el amor. El mundo tenía que saber que la medicina más beneficiosa para salud era ésta. Pensé que sería buena idea hablar con el doctor para que me ayudara en esta labor, aunque lo hiciera de forma anónima para no perjudicar su imagen profesional. En los campos de la ciencia y la medicina este tipo de cuestiones no están bien vistas, y si un profesional afirma que el amor, por ejemplo, es la mejor medicación posible para erradicar enfermedades es probable que lo tachen de loco o mentiroso.

Al llegar a casa me bajé del taxi radiando mucha felicidad. Estaba tan contento que le di una buena propina al taxista. «Hoy me ha pillado de buenas», le dije mientras sonreía.

Abrí la puerta del piso y entré corriendo en busca de Santa. «¡Cariño! ¡Cariño! ¿Dónde estás?».

Pero no hubo respuesta. Mi amor no se encontraba en casa. Seguramente estará haciendo la compra, pensé eufórico. Así que me senté en sofá junto a un buen libro budista y me puse a leer.

Habían transcurrido varias horas y Santa no llegaba. Empecé a impacientarme y la llamé al móvil. El teléfono estaba apagado. Saltaba el buzón de voz, así que le dejé un mensaje: «Hola, cariño. Vengo del médico y me ha dado una enorme sorpresa. ¡Estoy curado del todo! ¡Ya no moriré por culpa de la maldita enfermedad! ¡Quiero pasar el resto de mi larga vida junto a ti! ¡Te quiero! Reina, te espero en casa para darte el abrazo más grande que jamás te haya dado».

Las horas siguieron pasando y Santa no aparecía, ni tampoco respondía a mi mensaje de voz. La volví a llamar y el teléfono seguía apagado o fuera de cobertura. Comencé a preocuparme.

Sobre la una de la madrugada, y tras comprobar que no daba señales de vida decidí ponerme en contacto con sus amigos y familiares para ver si alguno sabía algo. La respuesta de todos fue negativa. Parecía que a Santa se la había tragado la tierra. ¿Me habrá abandonado? ¿Le ha pasado algo? ¿Qué demonios sucede? No paraba de hacerme preguntas para las cuales no tenía respuesta. Me comían los nervios y mi preocupación iba en aumento. Estaba desquiciado.

Pasé toda la noche en vela. Llamé a todos los hospitales de la comarca pero en ninguno constaba su ingreso. Pregunté incluso que si había entrado alguien sin documentación o que no pudieran identificar pero la contestación fue nuevamente negativa. Estaba atado de pies y manos. No sabía qué hacer.

A las nueve de la mañana decidí acudir a la comisaría de policía más cercana para poner una denuncia por desaparición. Los agentes me tomaron declaración y muy amablemente me dijeron que si tenían cualquier noticia de ella se pondrían en contacto conmigo.

¿Cómo era posible que la vida de una persona pudiera cambiar de forma radical tantas veces y en tan poco tiempo? Estaba desesperado.

Durante las siguientes horas busqué a mi amada por toda la ciudad. Pregunté en todo tipo de establecimientos enseñando una foto suya, pero nadie la había visto. Así que opté por buscar en parques, zonas boscosas y lugares apartados. Pasé dos días removiendo cielo y tierra pero no hubo suerte. Santa se había esfumado. Estaba seguro de que le había pasado algo. Y nadie parecía hacer nada por encontrarla. Seguí buscando dos días más sin apenas dormir. Parecía un muerto viviente. Ni siquiera me había duchado en los últimos cuatro días. Mi aspecto era lamentable.

Al quinto día recibí la llamada de la policía y me personé en comisaría. Minutos más tarde una trágica noticia explotó en mi cabeza. Santa estaba muerta.

—Buenas tardes, Luis. Soy el comisario Gil —extendió su mano para saludarme.

—Hola señor Gil. ¿Ha ocurrido algo? —estaba impaciente por saber qué me quería decir.

—Sí. Tenemos noticias sobre Santa. Lamento decirle que no son buenas.

—¿Está muerta? —pregunté aterrorizado.

—Esta mañana la hemos encontrado en el vertedero del municipio de Matadepera. Siento decirle que estaba sin vida —comencé a llorar poseído por la rabia, el dolor y la impotencia.

—¿Qué le ha pasado? ¿Quién la ha matado? —pregunté mientras lloraba.

—Tiene que ser fuerte para escuchar lo que voy a decirle, pero creo que ahora no es buen momento, al menos hasta que deje de llorar.

Respiré profundamente varias veces para intentar

calmarme. Después de unos minutos, volví a intentar reanudar la conversación antes de derrumbarme definitivamente.

—Dígame, comisario. Ya estoy mejor.

—A su pareja, tras violarla y someterla a tortura, la han asesinado.

—¿Quién ha sido el hijo de la gran puta? —rompí a llorar nuevamente.

—Todavía no lo sabemos, pero le prometemos que haremos todo lo que esté en nuestra mano para hallar al culpable y poderlo delante del juez. Para lo que necesite aquí nos tiene. Lamento mucho lo sucedido. Si necesita hablar con un psicólogo nosotros podemos conseguirle uno.

—¡No quiero psicólogos ni hostias! Lo que quiero es que encuentren a ese hijo de puta y que pague por lo que le ha hecho a Santa.

—Ya estamos trabajando en ello. Cuando tengamos noticias nos pondremos en contacto con usted. Ahora intente descansar, aunque sé que es difícil.

Sentí una impotencia tremenda tras conocer la noticia. Algún hijo de la gran puta había violado, torturado y asesinado al amor de mi vida. Gracias a ella yo estaba vivo y había recuperado la movilidad en las piernas. Le debía mi vida. Un gran dilema se iba a ceñir sobre mí. ¿Venganza o compasión? Nada de lo que había aprendido en los últimos años sobre el perdón y la renuncia a vengarme de la gente me servía en ese momento. Ya nada importaba, tan sólo tenía una cosa en mente. El monstruo que atacó a Santa tenía que pagar por ello.

Al llegar a casa lo tuve claro: tenía que contratar a un detective privado para que buscara al maldito asesino.

Me puse en contacto con el comisario Gil para que me aconsejara sobre este asunto, y me recomendó a «Pazco» (apodo por el que Paco Zamora era conocido dentro del mundillo de la investigación), un investigador muy bueno que trabajó como policía años atrás. Este hombre había ayudado a resolver algunos casos importantes.

Aquella misma noche llamé al detective, pero nadie cogió el teléfono. Supuse que el número que me había facilitado el comisario era el del despacho del investigador, y entonces era lógico pensar que a esa hora no habría nadie allí. Tuve que esperar a la mañana siguiente para contactar con su secretaria.

Aquella noche, debido al cansancio y la falta de sueño que llevaba acumulados, conseguí dormir unas horas. No recuerdo ni siquiera lo que soñé; caí en un estado de somnolencia tan profundo que al despertar me encontraba con fuerzas renovadas para continuar con mi lucha. Tenía que saber quién coño era el tipejo que mató a mi amor.

Me lavé la cara, me vestí y llamé por teléfono. Fue entonces cuando conseguí hablar con la secretaria de Pazco. Eran las nueve de la mañana.

—Buenos días. Agencia de detectives Pazco's, ¿Dígame?

—Hola. Mi nombre es Luis Doblado y llamo de parte del comisario Gil. Necesito hablar urgentemente con el señor Paco Zamora.

—Entiendo que si llama de parte de Don Gil, es porque el tema es importante y prioritario.

—Efectivamente. Es de carácter urgente. ¿Podría hablar con él? —estaba desesperado.

—En este momento no se encuentra aquí, pero si lo desea puedo darle hora para pasado mañana por la tarde.

—¿No podría ser antes? Me urge mucho —insistí esperando que me adelantara la cita.

—Lo siento mucho. El señor Paco está de viaje y hasta pasado mañana no regresará. Ha acudido a un congreso internacional sobre nuevas tecnologías para la investigación.

—Entiendo, entonces me parece estupendo acudir pasado mañana. ¿A qué hora sería?

—A las seis y media tiene un hueco. ¿Le va bien?

—Sí, no se preocupe, a esa hora estaré allí.

Tenía que esperar dos días hasta poder hablar con el

detective, pero en este plazo de tiempo debía hacer algo, no me podía quedar quieto en casa. Ante un suceso de este tipo, en el cual se ha cometido un crimen, las primeras horas son de vital importancia para hallar indicios o pruebas que te acerquen al asesino. Sabía que la policía estaba trabajando en ello pero no era suficiente. Necesitaba acelerar el proceso como fuese así que a la mañana siguiente me acerqué a la comisaría para ofrecer mi ayuda. Era consciente de que no me dejarían colaborar, al menos metiéndome a fondo en la investigación, pero no perdía nada por intentarlo. Si me quedaba en casa no soportaría la presión y seguramente acabaría haciendo alguna tontería.

Me levanté muy temprano; me duché y desayuné algo ligero. A las nueve de la mañana me encontraba en la puerta de la comisaría. Un agente me dijo que el comisario no llegaría hasta las diez, así que decidí ir a una cafetería cercana para tomarme un zumo de naranja natural.

Me senté en una de las mesas del fondo y mientras esperaba que el camarero viniese cogí un periódico que había en la mesa.

En la portada leí un pequeño titular en la parte de abajo que decía: «La Policía ya tiene a un sospechoso en el caso del asesinato de Santa».

Tras leer la noticia me levanté de la silla y rápidamente salí del bar. A los dos minutos estaba de nuevo en la puerta de la comisaría. Necesitaba que alguien me informara de aquello. ¿Quién coño era el sospechoso? Esta pregunta estuvo martirizándome hasta que una hora después pude hablar con el señor Gil.

Pasaban unos minutos de la diez cuando vi llegar al comisario. Me acerqué hasta él y le pregunté por la investigación. El hombre, muy amable, me invitó a pasar y me dijo que lo esperara en una sala. Minutos más tarde volvió a entrar acompañado de varios agentes vestidos de paisano. Le dijo a uno de ellos que trajera unos café. Yo preferí beber agua. Tenía la garganta seca.

Aquella mañana lo pasé francamente mal puesto que el sospechoso que tenía la policía era una persona a la cual conocía bien, y que debido a mi perdón seguía con vida. Si hubiese llegado a vengarme de él, ahora Santa estaría viva. El mazazo que recibí fue terrible.

—Buenos días, señor Doblado —dijo el comisario.

—Hola —le saludé de forma escueta esperando que entrara en materia lo antes posible.

—La investigación ha avanzado de forma muy rápida en las últimas 24 horas. Los agentes que me acompañan han realizado un excelente trabajo y ya tenemos a un sospechoso. Se trata de un delincuente conocido como Brujo —me quedé perplejo.

—¿El Brujo ha sido? No me lo puedo creer.

—Falta que un juez lo condene, pero estamos absolutamente seguros de que ha sido él. Las pruebas son tan claras que no hay lugar a la duda.

—¿Ya lo han detenido? —pregunté asombrado.

—Lo detuvimos y le tomamos declaración. Ahora está en los calabozos y en breve pasará a disposición judicial. Necesitamos cotejar unas cosas y, al fin, lo sentaremos ante el juez.

—Me alegra saber que ese hijo de puta asesino pagará por lo que hizo. Aunque por otro lado creo que estaría mejor muerto —me encontraba poseído por la ira.

—Entiendo su rabia, amigo, pero lo mejor es que la justicia se encargue de todo. Sí, yo también creo que algunos criminales estarían mejor muertos, pero no podemos tomarnos la justicia por nuestra mano, sino esto sería mucho peor.

—Ahora que está el caso resuelto cancelaré mi cita con el detective Pazco. Gracias por todo, comisario —estreché su mano con gratitud.

—Aquí estamos para lo que necesite.

Al salir de comisaría la rabia me consumía por dentro. Era consciente de que tenía que haber matado hace mucho tiempo al hijo de puta de Brujo. De haber sido así mi gran amor seguiría viva. Aunque por otro lado sabía que ella hubiera preferido que no lo hiciera. Un tremendo dilema azotaba en mi cabeza, pero ya no servía de nada torturarme pensando en ello. Santa estaba muerta y el Brujo vivo. Era el puto mundo al revés.

A la mañana siguiente recibí la llamada del comisario confirmándome que el sospechoso estaba a disposición judicial. El juicio transcurrió de forma lenta, y mientras tanto el Brujo estuvo ingresado en prisión. El juez lo condenó a 16 años de cárcel. «¿Tan poco vale la vida de una persona?», me pregunté cada día desde que conocí la sentencia. En este país matar sale muy barato. Es una auténtica vergüenza. Estaba tan indignado que decidí tomarme la justicia por mi cuenta. Lo tuve claro: cuando salga de prisión lo mataré con mis propias manos.

El Brujo fue, según los organismos competentes, un preso ejemplar. A los nueve años salió de la cárcel por buen comportamiento. ¡Manda cojones!

En todos estos años mi idea de matarlo con mis propias manos continuó igual de viva que cuando tomé la decisión de hacerlo casi una década antes. Si la justicia no era justa con mi amor tenía que serlo yo. Era lo mínimo que podía hacer por Santa.

El muy hijo de puta campaba a sus anchas y en plena libertad. Sentía tanta impotencia que no tardé ni 24 horas en comenzar a idear un plan para secuestrarlo. Lo iba a torturar salvajemente antes de rebanarle el cuello.

A la semana de seguirlo conseguí la información necesaria para poder llevar a cabo mi plan. El asesino se había mudado a un piso de Terrassa, concretamente en el barrio de Can Anglada. Vivía solo y, según intuí, trapicheaba con sustancias ilegales. Llegué a esta conclusión tras observar cómo algunas personas extrañas entraban y salían de su vivienda a diferentes horas. Así que decidí ponerme una gorra para evitar que me reconociera y me hice pasar por un cliente.

Esperé a que fueran las once de la noche para subir al piso. Una vez que estaba en la puerta agaché un poco la cabeza y llamé timbre. Llevaba todo el día vigilando el edificio y sabía que estaba solo en casa.

La puerta se abrió y ante mí apareció el hijo de puta que había matado al amor de mi vida. Le pegué un cabezazo para que se desorientara, y acto seguido saqué el cuchillo de cocina que llevaba escondido en la manga de mi chaqueta. Le pinché una pierna y cayó al suelo. Lo siguiente que hice fue golpearlo en la cabeza en repetidas ocasiones hasta que se quedó aturdido. En ese momento procedí a atarle las manos a la espalda y los pies. Tal como había hecho en aquellos sueños cuando estaba en coma con algunas víctimas, lo amordacé.

Tenía al Brujo totalmente a mi merced en el suelo.

Cuando recobró la conciencia del todo comencé a torturarlo dándole pequeños cortes por todo el cuerpo. Sangraba bastante. Sus ojos reflejaban el terror en estado puro. El puto asesino estaba a punto de cagarse de miedo. Era el momento de ejecutarlo. Puse el cuchillo en su garganta para cortarle el cuello. En ese instante una sensación extraña me detuvo. ¿Qué me estaba pasando? Es como si percibiera la presencia de Santa. Algo me decía que no lo matara. Estaba indeciso.

¿Es posible que mi amada se estuviera manifestando desde el Más Allá para decirme que no le cortara el cuello a su asesino? Aquello era de locos, por lo que pensé que quizá era mi subconsciente el que me ponía en jaque entre matarlo y no hacerlo.

***

La indecisión ha sido tan grande que han transcurrido casi tres horas desde entonces y aún sigo sin saber qué hacer con este hijo de puta. Tengo el cuchillo en la mano y estoy apretando su gaznate, pero continúo sin saber qué hacer. ¿Le corto el cuello o le perdono la vida?

Creo que tú, amigo lector, me vas a ayudar a decidir…

Dime si quieres que lo mate o prefieres que le perdone la vida. Tú escribirás el final de este libro…

Aunque si estás indeciso te puedo dar la opción de coger una moneda y lánzala al aire. Si te sale cara, le rebano el cuello. Si te sale cruz, le perdono la vida… Tú decides.

La suerte está echada.

A veces la realidad supera la ficción, pero recuerda que lo que acabas de leer es tan sólo una novela. La venganza no es el camino, aunque a veces creamos que sí.

Editorial Egarbook
www.egarbook.com